吸血鬼と愉快な仲間たち　4

木原音瀬

登場人物

アルベルト・アーヴィング（アル）

昼間は蝙蝠、夜だけ人間になる中途半端な吸血鬼。
21歳で吸血鬼になって以来、
8年間アメリカでひとりぼっちで生きてきたが、
ひょんなことから冷凍牛肉と一緒に日本へ“輸出”されてしまう。

高塚 暁

蝙蝠好きのエンバーマー。気難しく口も悪いが根は優しい。
文句を言いながらも、アルを自宅に居候させる。

キエフ

アルの唯一の吸血鬼仲間。
300年近く生きていて、
記憶操作も可能。

リチャード・カーライル（ディック）

映画プロデューサー。
暁の母・田村華江の恋人だった。

マーサ

リチャードの家の家政婦。

ヘンリー

リチャードのボディガード。

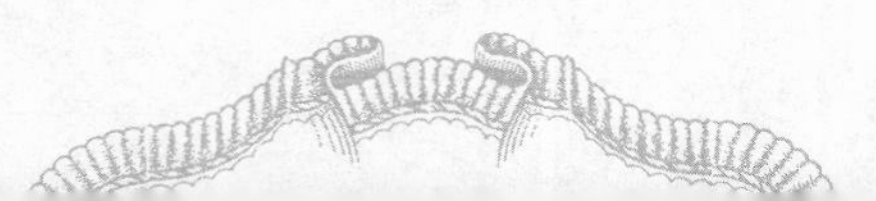

吸血鬼と愉快な仲間たち

The vampire
and his pleasant
companions

4

吸血鬼と愉快な仲間たち　4

ブロロッ……と遠くで車の排気音が聞こえる。音は徐々に近づいてきて、木々の隙間に黒っぽいチェロキーがザザッと音をたてて止まるのが見えた。朝日があたる未舗装の車道、タイヤの周りで砂埃が舞い上がる。

運転席から暁が出てきた。前に止まっていたピックアップトラックに近づき、サイドガラス越しに中を見ている。

【おーい、こっち】

キエフの声に、暁が振り返った。木が邪魔になってよく見えないのか、体を左右に動かしてこちらを覗き込んだあと、低木の繁みを縫うようにして近づいてきた。積もった枯れ葉が足許でガサガサと音をたてる。

暁が周囲を見渡している。自分を捜している気がして、アルはタキシードの隙間から顔を出して「ギャッ（ここだよ）」と鳴いた。下を向いた暁は、唇も半開きのまま大きく息を呑んだ。

「何だ！　その穴だらけの服はっ」

周囲の木々すら揺らしかねない激しい怒号に、蝙蝠の体がビクリと震える。

「血まみれじゃないか。お前、まさか怪我をしてるんじゃないだろうなっ」

表面上の傷は治っていても、毛にこびりついた血痕はそのまま。じりじりとタキシードの奥へ逃げ込むも、無駄な抵抗とばかりにガバリと服を捲られた。全身を晒し、逃げ隠れのできない状態に追い込まれる。もう仕方がない。腹を括っておそるおそる顔を上げ「ギューッ（ごめんなさい）」と謝った。

暁はチッと、こちらの胸が痛くなるような舌打ちをして、キエフを睨みつけた。

【いったいどういうことだ！　電話では怪我をしてるなんて一言も言ってなかったじゃないか！】

怒りの矛先を向けられたキエフは、とばっちりとばかりに両手を広げ肩を竦めた。

【あそこの……】

キエフはピックアップトラックを指さした。

【トラックの中にいる男が、布袋に押し込んだアルを蜂の巣になるまで撃ったんだ】

【見てたのなら、なぜ止めなかった！】

暁が食ってかかる。

【僕がここに来た時点でもう蜂の巣だったんだよ。いくら僕でも、撃たれたものを撃たれなかったことにはできない。そのかわりあの男の血をアルに飲ませたから、傷はある程度治っているはずだ】

暁は「ああ、くそっ」と右足を神経質に踏み鳴らした。

【ディックを襲った暴漢がピックアップトラックでぐったりしているあの男なら、アルはあいつを追いつめて、逆にやられたってことか】

吐き捨て、暁がこちらを見下ろしてくる。不機嫌で何か言いたげな口許に嫌な予感がして、思わず視線を逸らした。

「この大馬鹿野郎！」

……予想通り怒鳴り声の雷がドーンと落ちる。アルは反射的に頭を抱えていた。

「深追いするから怪我をするんだ。なぜもっと慎重に、考えて行動しない！」

反論の余地もない。黙っていると、この距離で聞こえないわけがないのに「おい、聞いてるのか！」と詰められて、アルは慌ててコクコクと頷いた。

「お前は警察官じゃない。ディックを襲った男を捕まえる必要はなかったんだ。何が危険で、何がそうでないかぐらい自分で判断しろ！」

アルは消え入りそうな声で「ギャーッ（すみません……）」と謝った。雰囲気で反省していると伝わったのか、暁がようやく雷の口を閉じる。説教劇場はひとまず終演を迎えたらしく、ホッとする。

フーッと、これまたアルの耳にグサグサ突き刺さるため息をついたあと、暁は【トラックで寝ている男は銃を持っているのか】とキエフに聞いた。

【あいつの銃ならここにあるよ】

キエフの指さす先、木の根元に黒光りする銃が転がっていた。暁が眉を顰（ひそ）める。

【弾はもう入ってない。それからあの男は寝てるんじゃなくて、アルが血を沢山吸ったから、貧血で気を失ってるんだ】

暁の肩先がピクリと動く。

【まさか命に関わるほど吸わせてないだろうな】

【僕は死ぬまで吸ってもいいって言ったんだけどね】

暁に睨まれ、キエフは【僕にもお説教する？】と肘を曲げたまま、おどけた仕草でホールドアップした。

【どんなに悪いことをした人間でも、裁判を受ける権利があると君は言うのかな。あの男はアルを殺そうとした。人間なら死んでるけど、たまたま吸血鬼だったので死ななかった。正体を明かせないから、大怪我をしたと公にもできない。あの男の罪は誰にも、永遠に問われることはない】

キエフは柔らかい口調で語る。

【アルが吸血鬼だったおかげであの男の罪が裁かれないなら、僕らが、僕らのルールで彼を罰してもいいと思わないか】

【お前の考えを聞いても仕方がない】

キエフは虚を衝かれた表情で瞬きした。

【お前にあの男を罰する権限はない。あるとすれば、それはアルだけだ】

キエフは【そうきたか】と楽しそうに目を細めた。暁は足許のアルに人差し指を突きつけ「あの男を警察に引き渡す。いいな」と宣言した。慌てて首を横に振る。

「何が嫌なんだ。自分の手であの男を八つ裂きにしないと気が済まないのか」

アルがキエフに助けを求める視線を送ると、雰囲気を察したのか【どうしたんだい】と話に入ってきてくれた。

【君らが日本語で喋っていると話の内容がわからなくてね】

髪に指先を突っ込むと、暁は乱暴に掻き回した。

【アルが、あの男を警察へ引き渡すのを嫌がってる】

【警察に連れていっても無意味だよ。彼は自分がどうしてリチャードを恨んでいたのか、何一つ覚えてないからね】

暁が勢いよく振り向いた。

【彼がリチャードを襲ったのは、俳優だった妹が、映画で役を降ろされて自殺したのをリチャードのせいだと逆恨みしていたからだ。二度とこんな馬鹿なことをしないよう、原因になっていた妹の記憶を丸ごと消した】

眉を顰めたまま【何だそれは】と暁は低い声で呻いた。

【映画は娯楽だ。夢の世界だと割り切れない人間がやるもんじゃない。自分の限界に気づいたら、サッサと諦めて別の生き方を選べばよかったんだ】

キエフは微笑む形に目を細めた。

【夢って名前の蜜が殊更甘いとしても、かな】

【自分の命を無駄遣いする奴の気が知れん】

それには僕も賛同するけどね、とキエフは相槌を打つ。

【あの男は放っておいても大丈夫だよ。もう牙を剝く狼じゃない、可愛らしい子羊だ。あと二、三時間もすれば目を覚まして、どうして自分がこんなところにいるんだろうって首を傾げながら家に帰るよ】

暁は膝を折って屈み込み、穴だらけのタキシードの中からアルを拾い上げた。その仕草が少々乱暴で、砕けた頭の骨がガシャガシャと揺れる。痛くて「ウギュウギュ」と低音で呻くと、痛がっていると気づいたのか、暁の手のひらが僅かに震えた。

「ああ……悪かった」

「ギャッ」

大丈夫だよ、と鳴いて、アルは暁の手のひらにぴったりと腹を押しつけた。温かく、仄かに血の匂いがして安心する。

帰りかけた暁を【待って】とキエフは引き止めた。

【君ら、少しは後始末ってことを考えないのかい？】

【後始末？】

何のことか見当のついていない暁に、キエフはやれやれといった表情でため息をつき、穴だらけの布袋とタキシード、弾の切れた拳銃を穴の中に投げ入れた。

【その大きな穴は何だ？】

【君の可愛いアルのお墓になるはずだった穴だよ】

皮肉で暁を絶句させたあと、キエフは草むらに転がっていたスコップを手に取り、穴に土をかぶせた。惨劇の証拠が黒土で見えなくなったところでスコップを放り出し、【これでよし】と汚れた両手をパンパンと払った。

リチャードの家に帰る前に、キエフをホテルまで送っていくことになった。暁が車を運転している間、アルは助手席に座るキエフに預けられた。【僕が運転しようか】とキエフは言っていたが、あれはどう考えても嫌がらせだった気がする。運転席の暁はムッとした表情で返事もしなかった。

郊外から街中に入り、カナル通りを北へと走っていると、急に車の速度が遅くなった。歩くほどのスピードでしか進まない。ユニオン駅へ向けて大渋滞しているらしい。通勤時間ならともかく、夜が明けたばかりだというのにおかしい。もしかしたら近くで事故か何かあったのかもしれなかった。

暁は途中で右折し、ステート通りに入る。そちらはまだ空(す)いていて、車は気持ちよく流れていった。

【街全体が妙に騒がしいね。……人も車もザワザワして落ち着かない】

窓枠に肘を置いて頬杖(ほおづえ)をつき、キエフは外の景色を眺めながらのんびりと呟(つぶや)く。しばらくすると、キエフやドラマの出演者が宿泊しているホテルが見えてきた。暁はホテルの車寄せにチェロキーを入れ、駆け寄ってきたベルマンに【十五分ほどここに車を置いておけないだろうか】と交渉し、聞き入れられたらしく、車寄せの端へと誘導された。

【そういえばまだ礼を言ってなかったな】

前を見たまま、暁がぽつりと口にする。車のドアに手をかけていたキエフがくるりと振り向いた。

【アルを見つけてくれたこと感謝している。俺たちだけでは到底無理だった】

驚いたように瞬きしたあとキエフは【どういたしまして】と微笑んだ。

【……それからお前に話したいことがあるんだ。少しいいか？】

キエフは不思議そうに首を傾げる。運転中、話をする機会はいくらでもあったのに、どうしてホテルに着いた今頃になって切り出すんだろう。

【僕は構わないよ。これから予定もないしね。部屋に来る?】

【いいや、ロビーでいい】

座席にアルを置いて、先にキエフが車を降りた。座席の上にうつ伏せたアルに「少し待ってろ」と言い残し、暁も車を出る。頭がジワジワ痛かったけれど、アルは無理してダッシュボードまで飛んだ。二人は連れ立ってホテルの中に入っていく。

置いていかれたということは、自分には聞かれたくない内容なんだろうか。気になるも、車の外に出られないので、飛んでいって傍で盗み聞きすることもできない。アルは悶々としながらホテルの入口を見つめた。

朝早いので、ホテルは客の行き来も少ない。そんな中、ホテルの車寄せに見覚えのある白っぽいロケバスが横付けされた。ボディの側面にはレンタル車とペイントされている。もしやと思って注意深く観察していると、ホテルの入口から東洋人らしき集団が出てきた。

ドラマ『BLOOD GIRL まひろ』の出演者とマネージャーだ。三谷が足を止め、チェロキーをじっと見ていたかと思うと、ダッと駆け寄ってきた。車の中を覗き込んだ三谷は、アルと目が合うとカメラの連写みたいに何度も瞬きした。

一緒に仕事をしているし、プライベートで何度も映画を観に行ったけれど、蝙蝠の姿で会うのはこれが二度目。親愛の意味も込めて「ギャッ」と小さく会釈した。

「どうしたの？　もうすぐロケバスが出るよ」

三谷の背後から、ブルゾン姿の酒入がひょいと顔を覗かせる。

「あ、すみません。高塚さんが知り合いにチェロキーを借りてるって聞いてたから、もしかしてこれじゃないかなと思ったんです。それっぽいけど、誰も乗ってないんですよね。ケインが心配だから話を聞きたかったんだけど……ここに車があるってことは、ホテルの中にいるのかな？」

「ケインさん、犯人を追いかけてるうちに迷子になったんだよな。さっき見つかったって連絡があったし、高塚の口ぶりだと何ともないみたいだから、大丈夫なんじゃないの？」

「そうなんですけど」

「まったく、人騒がせな兄ちゃんだよ」

酒入は両手を腰にあて、浅く息をつく。そしてダッシュボードにうつ伏せになっている蝙蝠に気がついたらしく「うおっ」と声をあげた。

「どっ、どうして車ん中に蝙蝠がっ！」

誰も取って食べたりしないのに、大げさに後ずさる。

「高塚さんは蝙蝠をペットにしてるって、前に酒入さんに写真を見せてもらったじゃないですか。これってその子かな」

酒入はサイドガラスにぐぐっと顔を近づけて、睨むように凝視してくる。その迫力に押され、アルはじりじりと後ずさった。

「……薄汚れた感はあるが、確かにこいつだ。高塚の野郎、海外にまで蝙蝠を連れてきやがったのか。恐ろしい執着心だな」

「高塚さん、どっちかっていうとドライな印象なんですけど」

酒入は「いやいや」と首を横に振った。

「考えてもみろ。恋人のケインさんがテレビに露出するのをあれだけ嫌がってたのは、誰が何と言おうと独占欲だ。しかも海外ロケになったら、自分もついてくる上にペットの蝙蝠まで同伴なんて、好きなものを手許に置いておきたいっていうあいつの執着は尋常じゃないな」

偏見に満ちた誤解のある解釈なのに、三谷は「そういえばそうですね」と納得している。暁のため、抗議の意味もこめて「ギャッギャッ！（違うよ！）」と鳴いてみたが、酒入に「ほら、蝙蝠もそうだって言ってるし」とどこまでも肯定として受けとられる始末だった。

「ああいうクールを装っているドS男に限って、意外と嫉妬深かったりするんだよなあ」

「……嫉妬深いが何だって」

不機嫌が地を這うが如く低い声に、酒入が慌てて振り返る。二人に気を取られていて、アルも暁が戻ってきたことに気づかなかった。

「あっ、たっ、高塚。ケッ、ケインさんの様子はどうだ？」

しどろもどろに酒入が聞いている。暁はチラリとアルに視線を向けてから「どうもこうもない。普通だ」と言い放った。

「ケイン、怪我とかしてませんか」

心配する三谷に「大丈夫だ」と暁は嘘をついた。回復したとはいえ、拳銃で蜂の巣になるまで撃たれたなんて、まず言えない。

「お話し中すみません」

暁の背後から、スタッフが声をかけてきた。昨日、ライト係だった青年だ。帰国子女で英語が流暢だったので、リチャードの通訳もしていた。

「プロデューサー、もうそろそろ出たいんですけど、いいですか？」

「今日は撮影時間が早まってましたよね。何か急がないといけない理由でもあるんですか？」

チラリと腕時計に視線を走らせ、三谷が問いかける。ライト係は「それがですね」と苦虫を嚙み潰したみたいな顔をした。

「デモをするかもしれないって噂があるんです。そうなると渋滞になるから、早めに目的地まで移動しておきたくて」

「そういえば、朝っぱらからカナル通りが随分と混み合っていたな」

　暁が思い出したように呟き、ライト係は「うわっ」と両手で頭を抱えた。

「やっぱりだ。昨日、カルト的な宗教団体の教祖に死刑判決が出たんですよ。それで大騒ぎになってるんです。メディアでもトップで扱っているし、死刑反対の市民団体とか、信者の抗議デモの呼びかけなんかもあってですね、できたらそういうのに巻き込まれたくないんですよ」

「教祖様かぁ。そういうのって大抵、インチキチーだよなぁ」

　酒入がふざけた調子でヒョイヒョイと肩を竦める。

「本当にヤバイですって。こっちのデモは半端ないですから」

　ライト係に促され、酒入と三谷はロケバスに乗り込んだ。暁は上着を脱いで助手席に置き、それをクッションのかわりにしてアルを上に乗せてくれた。ブロロッと隣を車が行き過ぎる音がして顔を上げると、ロケバスの窓際で三谷がこちらに向かって手を振っていた。

　暁のチェロキーもロケバスの後に続いてゆっくりと動き出す。ライト係の懸念通り、さっきまで空いていたステート通りも車が多くなってきている。

「駅前の通りをみんなが迂回(うかい)しはじめたから、こっちも混みはじめたな」

ハンドルを握ったまま暁がぼやく。車は時速二十マイル（約三十二キロ）も出ていない。ふと思い出し、アルが「ギャッギャッ？（キエフと何を話していたの？）」と話しかけると「どこか痛いのか？」と逆に問い返された。……今、話をするのは無理だ。気になるけれど、人間に戻った時に聞くしかなく、アルは柔らかい布の上で丸くなった。

信号で車が止まる。歩道からは【エンジェル　リディーム　ワールド】【エンジェル　リディーム　ワールド】と人々が繰り返す声が波紋みたいに聞こえていた。

リチャード宅に帰ってきたのは、午前八時過ぎ。暁がガレージに車を入れると同時に、入口のシャッターの前で逆光になった人影が見えた。リチャードだ。田舎オヤジの変装はやめて、濃い色のタートルネックのニットにラインのすっきりとしたパンツと垢抜けた業界人らしい姿に戻っている。その背後にはボディガードのヘンリーが影のように付き添っていた。

【心配させてすまなかった、ディック】

車を降りた暁は、疲れた表情のリチャードの肩を軽く叩いた。【いいや】と呟き周囲を見渡したリチャードは、暁が上着でくるんでいるアルに気づいた。

【……その蝙蝠はどうしたんだい？】

【あぁ、具合が少し悪そうなんだ】

リチャードの視線が蝙蝠にとまったのは一瞬で、再び周囲を彷徨いはじめた。

【アルは？　アルは一緒に戻ってこなかったのかい？】

【あいつはもうしばらく友達の家にいるそうだ】

リチャードは暁の両肩を摑んで、激しく揺さぶった。

【それは本当なのか。犯人を追いかけているうちに大怪我をして、病院に入院してるんじゃないだろうね】

瞳は今にも泣き出しそうに潤んでいる。

【ディック】

暁は強い口調でリチャードの名前を呼んだ。

【アルは犯人を追いかけているうちに道に迷った。そこで偶然昔の友達に会い、彼の家に行った。それだけなんだ。心配することは何もない】

落ち着きなく彷徨っていた瞳が伏せられる。リチャードは震えながら息をつき、額に手をあてた。

【何度も後悔したよ。昨日、僕が撮影を見に行かなきゃ、アルは犯人を追いかけていくこともなかった。そしたら危険な目に遭わせずにすんだんじゃないかって……】

【ディックのせいじゃない。そんなあなたを見たら、アルの方が悲しむ】

暁の腕の中で、アルも思わず相槌を打ってしまった。

【いや、僕のせいだ。僕は君から、また大切な人を奪ってしまうんじゃないかと……】

暁はリチャードの肩を抱いたまま、家の中へ入った。キッチンではマーサがチーズが山盛りのスクランブルエッグにサラダ、トーストと簡単な朝食を五人分用意していた。ヘンリーと暁は遠慮していたが、マーサに【若い人こそちゃんと食べないと駄目よ】と説教され、強制的に椅子に座らされた。

【ディックは変装していたんでしょう。それなら犯人は無差別に襲ってきたってことよね】

昨日あった撮影での経緯を聞いたマーサは、食後の紅茶を啜りながら【恐ろしいことだわ。ねえヘンリー、どう思う?】とボディガードに話を振った。

【世の中には一定数、常識に添えない人間がいるんだと思います】

ヘンリーは表情も変えずに返答する。あの男はリチャードだと知って襲ってきた。ヘンリーは察していそうだが、マーサに余計な心配をかけない方がいいと判断したのか「無差別」説に同意していた。

アルはテーブルの端、マーサが準備してくれた籠の中でうつ伏せになったまま、四人の会話を聞くともなしに聞いていた。暁に「なぜもっと慎重に、考えて行動しない!」と怒鳴られたことを思い出す。無我夢中で犯人を追いかけたものの、結局一人では捕まえることができなかった上に、返り討ちに遭って大怪我をした。リチャードをものすごく心配させた。人間だったら、死んでいたら、リチャードは原因になった己を深く責め立てたに違いなかった。

追いかけていったところまではまだよしとして、犯人のトラックに飛び乗らなくたって、車のナンバーをひかえて警察に通報するとか、自分も痛い思いをしない、もっと上手いやり方が他にもあった。

【そういえばエンジェル・サックスに死刑判決が出たのよね。テレビではどこもその話題でもちきりよ。若いのに新興宗教の教祖で、女だてらに何人殺したのかわからないなんて世も末ね。あそこの宗教の主張って、「ハルマゲドンがきた時、自分たちピースフルハウスの信者だけがイエスの加護のもと生き残る」ってものらしいけど、そんなのどう考えても変よねえ。信者の人たちは、自分たちがおかしいって気づかないのかしら】

マーサが首を左右に振りながら、皺だらけの口許を更に窄める。するとヘンリーが【ああいう宗教は】と喋りだした。

【洗脳に近いですからね。エンジェルは元女優で美人だから、テレビで見て一目惚れして『結婚したい』と手紙でプロポーズをした男までいたそうですよ】

するとマーサが【まったく、男の人って顔さえよければ後はどうでもいいってことなのかしら！】と向かいに座るヘンリーに詰め寄った。全ての男の代表になってしまったヘンリーは、しどろもどろに【みなが全員、そういうわけでは……】と言い訳をはじめる。二人のやり取りを黙って聞いていたリチャードが苦笑いしながら【実は僕、彼女が役者をしている頃に会ったことがあるんだ】と告白した。

マーサは【まぁ】と両手を口にあてる。

【そんな話、初めて聞いたわ。その頃の彼女ってどんな風だったの？　やっぱりハルマゲドンとかおかしなことを言ってたのかしら】

リチャードは【ウーン】と小さく唸（うな）り、軽く顎をさすった。

【僕がプロデュースする映画のオーディションを何度か受けにきてたんだが、その頃は妙なことは言ってなかったな。美人で人懐っこくて話も上手かったのに、肝心の演技が今一つで一度も起用したことはなかった。ヘスターってプロデューサーに気に入られて、いくつか端役をもらっていたんだが、いつの間にか二人とも姿を見なくなった。そしたらカルト集団の教祖になっていて、殺人罪で逮捕ってニュースを見て驚いたよ】

【そういえば……】

暁の声に、三人が振り向いた。

【教祖の判決が出たことに関連して、街中でデモをやってるらしいな。朝早くから駅前がやけに渋滞していた】

マーサが【大変】と皺になった両手を頬にあて、壁の時計を見た。

【今は九時でしょう。十一時ぐらいにここを出れば飛行機に間に合うと思ってたけど、少し早めた方がいいかしら？】

【駅前や広場を通らなければ、大丈夫だろう】

暁がそう言っても、マーサは【十時半に出ましょう】と予定を早めてしまった。会話から察するに、リチャードたちは本宅に今日帰るらしい。

【君はどうするんだい、アキラ？　こちらに残って、後からアルと一緒に来るかい？】

紅茶を片手に、リチャードが問いかける。

【いや、最初の予定通り三人と一緒に行く】

【じゃあアルだけこちらに残していくのかい？】

【あいつは久しぶりにこちらに帰ってきたから、名残惜しいそうなんだ。シカゴには友達も多くいるみたいだし。ＬＡへは今晩か明日……別便で行くと言っていた】

ロサンゼルスに行くなんて初めて聞いた。訳がわからず「ギャッ？（どういうこと？）」と小声で鳴くと、黙ってろと言わんばかりの怖い目で睨みつけられた。

荷物の準備が終わってないからと、暁は先に部屋へ戻った。そして窓際の日当たりのいい場所にアルの入った籠を置いてくれた。

「キエフに聞いたが、蝙蝠でも人型でも修復にかかる血液量は同じなんだってな。帰りの移動中に動けなくなったら面倒だから、向こうに着いたら血を飲ませてやる。もう少し我慢しろ」

自分が怪我をした時の暁は、いつもの三倍ぐらい優しい。アルは甘えるようにスンスンと鼻を鳴らした。

「お前が怪我をしている時に移動もどうかと思ったが、時間がないから仕方ない。今日の昼の便でロサンゼルスへ行く。……日本への帰りの便はＬＡから手配してある」

日本行きの飛行機はシカゴからも出ている。それなのにどうしてわざわざロサンゼルスから？　アルは首を傾げた。

「ＬＡで会っておきたい友人がいるんだ」

エンバーマーの資格を取るために、暁は何年かロサンゼルスに留学していた。その時の友達だろうか。アメリカに帰ってきてから両親に会いに行ったり、ドラマの撮影だったりと、自分のことばかりに暁を付き合わせてきた。今度は自分が暁に付き合う番だ。アルがコクリと頷くと「移動の間、お前は寝ていればいいから」と背中を優しく撫(な)でてくれた。

帰り支度を整える暁を、日のあたる場所からじっと見下ろす。頭や体の中がジクジクと痛んでも、心はとても穏やかだ。リチャードを狙っていた犯人ももう心配ないし、会いたかった家族にも会えた。思い残すことはない。

そしてＬＡ……ロサンゼルスといえばハリウッド。アメリカ中の俳優の憧れの地。アルも一度だけ、観光を兼ねて来たことがある。

向こうで時間があれば、リチャードプロデュースの映画の撮影を見せてもらえるかもしれない。そこでキャスティングプロデューサーの目にとまり【君、なかなかかっこいいね。今撮っている作品に、試しに出てみないかい。端役なんだけど】と誘われて……。

アルが楽しい妄想に浸っている間に、暁はトランクに全ての荷物を詰め終えた。コンコンとドアがノックされ【アキラ】とマーサの声が聞こえた。

ドアを開けると、マーサは【これ、どうかしら】と暁に蓋のついた小ぶりのバスケットを差し出してきた。

【蝙蝠を連れていくには、蓋付きの方がいいかと思って。これ、鍵もかかるのよ。賢い子だから、飛び回ったりはしないと思うけど、念のためにね】

【ありがとう、マーサ】

暁はバスケットを受け取った。長方形で真ん中に楕円形の硬い取っ手がついていて、両側から蓋がぱかぱかと開くタイプだ。あれがＬＡに着くまでの自分の寝床らしい。人だと座席がないと乗れないが、蝙蝠だったらなくても行ける。楽だし、運賃も安い。移動の時に蝙蝠というのは、かなりお得かもしれない。

【これね、私は買った覚えがないからリリーのバスケットじゃないかしら。あの人、散歩やピクニックが大好きだったから】

暁はじっとバスケットを見つめている。本当にリリーのバスケットだったら、暁にとっては母親の形見だ。

マーサが出ていったあと、アルはさっそく蓋付きのバスケットに移された。マーサが気を利かせてくれて、中には最初から柔らかい布が敷いてあって寝心地は最高だ。布地に鼻先を擦(こす)りつけて感触を味わっていたアルはふと気づいた。暁の手が、ゆっくりと動いている。指先は、バスケットの取っ手をなぞるようにそっと撫でていた。

道は多少混み合っていたものの、中心地さえ過ぎればスムーズに流れて、四十分ほどで空港へ着いた。出発時刻は十二時三十分なので、搭乗まで一時間ほど余裕がある。その間、四人は航空会社の専用ラウンジで待った。

ボディガードのヘンリーはともかく、マーサと暁はエコノミー席でいいと言っていたのに、リチャードが【分かれて座るなんて寂しいよ】と、二人の席を勝手にアップグレードしてファーストクラスにしていた。そのおかげで、全員がＶＩＰ専用ラウンジを使えることになったのだ。

リチャードに【君が立っていると目立つから】と言われ、ヘンリーもソファに着席している。不特定多数が行き交う空港ロビーよりも、ＶＩＰ専用ラウンジは人が少ないので、警護する側としても安心なんだろう。バスケットに入っているアルは、暁の足許に置かれている。家を出る時にバスケットの蓋は閉じられてしまった。編み込まれた籐の隙間から光が差し込んでくるだけで周囲は何も見えない。退屈で仕方ないので、自然と聞き耳をたててしまう。

ドンッとテーブルに何か置かれた音がした。

【マーサ、それは何だい？】

リチャードの声だ。

【コラーゲンのカプセルよ。朝、飲むのを忘れていたの。これを飲みはじめてから、お肌に張りが出て皺が薄くなって、とても調子がいいの】

マーサは七十代半ばに手が届きそうな年齢だが、女性の心を忘れてはいない。

【そうだわディック、あなたがチケットの手続きをしている時、隣に足の不自由な人がいたでしょう】

【ああ、いたね】

【使っている車椅子が大きくて頑丈そうで、ふだんよく見かけるものとは随分違ってたわよね】

リチャードは【そういえば変わってたかな？】と曖昧な相槌を打つ。あまり見てなかったんだろう。

【あれは車椅子スポーツの選手用ではないでしょうか】

　ヘンリーが話に入ってくる。

【ケーブルテレビであのタイプの車椅子を見たことがあります。車椅子の彼が着ていたジャンパーと同じロゴの入ったジャンパーを、彼のすぐ後ろの三人も着ていました。連れなんでしょうね】

【ああいう車椅子は、機内に持ち込めるのかしら?】

【そこまではわかりません】

　ヘンリーは苦笑いしている。

【あの人たちが気になるんですか?】

【人じゃなくて車椅子よ。今度、ヴァリーとフロリダに行こうって話をしてたの。ほら、ヴァリーは足が悪くて長くは歩けないから、車椅子が必要なのよ】

【私はヴァリーを知らないので……】

　ヘンリーの応えに【あら】とマーサの声のトーンが上がった。

【部屋の掃除を手伝ってもらっている時に、一度話したわよ。キンダーガーテンの頃からの友達、金髪のヴァネッサ・ロンドのことをね】

　咎(とが)める口調にヘンリーが黙り込み、クスクスとリチャードらしき笑い声が聞こえる。ヘンリーにしてみれば、おばあちゃんの世間話など右から左、記憶の片隅にも残らなかったんだろう。

【忘れているなら、もう一度話してあげるわ。ヴァリーはね、私が五歳の頃に……】

搭乗開始のアナウンスが流れはじめる。ヘンリーは助かったとばかりに【さあ、行きましょう】と早々に席を立った。

搭乗手続きは座席クラスの高い前方席の乗客から行われ、四人はエコノミーの乗客よりも早く飛行機に乗り込んだ。左の窓際がマーサで、通路側に暁。その前の席の窓際がリチャード、通路側にヘンリーが座った。

四人が座席に着いてほどなく、エコノミー席の乗客が乗り込んできた。床に置かれたバスケットが、ドンドンという足音と共に上下に小さく跳ねる。傷に響いてちょっと鬱陶しい。

狭い場所に沢山の人が押し込まれて、匂いも充満してくる。臭い靴、きつい香水の匂いに混じって、アルの鼻先をフッと火薬の匂いが掠めた。厳しい所持品検査があるので、拳銃や爆発物を持ち込めるはずがない。匂いはすぐに薄くなったので、どこかで拳銃を使った人の硝煙が、服に残っていたのかもしれなかった。

【機内に車椅子を持ち込んでたわね】

マーサの声がした。

【そうですね】

前の席のヘンリーが相槌を打つ。

【あれだけ大きいと、客席の一番後ろに置くことになるでしょう。通路じゃ車椅子には乗れないんだから、持っていくだけ手間じゃないかしら？　フライトアテンダントも、前の方にある空きスペースに置いてあげればいいのに。気が利かないったら……】

　マーサは色々と気になるらしい。

【前方のスペースは狭いので、後方の方が余裕があるんじゃないでしょうか。ねぇ、アキラもそう思いませんか】

　なぜかヘンリーは暁に話を振っていた。隣に座っているのだし、マーサの話し相手を引き受けてくれというメッセージだったのかもしれないが、当の本人は【そうかもしれない】とおざなりに返事をしただけだった。

【この前、飛行機に乗った時も酷かったのよ。二日酔いのフライトアテンダントがいて……】

　マーサの話は無限に広がっていく。その合間に、生け贄になったヘンリーの気のない【はい……】【はい……】という相槌が差し込まれる。

　客が全員席に着いたのか、ザワザワと人の話し声はするものの、足音は静かになった。フライトアテンダントが救命胴衣の説明をはじめ、飛行機はゆっくりと動き出す。アルは小さく欠伸をした。夜の大騒動の疲れもあるのか眠たくなってくる。飛行機がＬＡに着くまで四時間、何もすることはない。二度、三度と欠伸を繰り返すうちに、飛行機が離陸するまでの短い時間でスッと眠りの世界に落ちていった。

ドッドッと騒々しい足音でアルは薄目を開けた。寝入りばな、とっても気持ちのいいところを邪魔された不快感で鼻が勝手にヒクヒクと動く。

【あの人たち、何なのかしら？　おかしな帽子をかぶって……】

マーサが呟いている。

【お客様、そちらへは機長の許可がないと入れないことになっておりまして……】

前方からフライトアテンダントの慌てた声。飛行機は気圧が低いから、酔いが回りやすい。泥酔した客が、駄々を捏(こ)ねたり暴れたりという話はたまに聞く。

【……様子が変だな】

深刻な暁の声に、ギシリと座席の軋(きし)む音が重なる。

【私が様子を見てきます】

ヘンリーが立ち上がったようだ。その時【キャアアアッ】と甲高い悲鳴があがった。尋常ではない気配に、アルもバスケットの中を這い、蓋の端から鉤爪(かぎづめ)を出してロックを外し、外の様子を窺(うかが)った。

【動くな。動いたらこの女を撃つ】

通路に立ったヘンリーの足の間から、前方が見えた。操縦席近くのギャレーとトイレの間の通路に、白人の男が立っている。六フィート半（約一九八センチ）はありそうな高い背に、足許はスニーカー。明るい色のブルゾンを着て、目出し帽をかぶっている。そいつがフライトアテンダントを背後から拘束し、こめかみに銃を押しつけていた。

男との距離は三ヤード（約二・七メートル）も離れてない。ヘンリーは通路に出たものの、動けずにいた。相手は銃を持っている上に、人質まで取っている。丸腰のこちらは圧倒的に分が悪い。

あの男はどうやって搭乗前のチェックをすり抜け、機内に拳銃を持ち込んだんだろう。さっき嗅いだ火薬の匂い、あれは硝煙の残り香ではなく、あの男の持っている弾丸だったとしたら。

【女を殺されたくなければ、両手を頭の後ろにつけろ】

男の声は落ち着いていて、淡々としているだけ余計に怖い。ヘンリーがゆっくりと男の指示に従う。

【そのまま、振り返らずにバックしろ】

ヘンリーはじりじりと、まるで亀のように後ずさる。その視線はリチャードに向けられていた。ボディガードなのに、傍を離れないといけないことへの躊躇（ためら）いが表情から見て取れる。

【早くしないかっ】

男の声に苛立ちが混ざる。リチャードは【いいから行きなさい】と小声でヘンリーを促した。いくらボディガードとはいえ、相手の目的もわからない今、銃を持った人間に逆らって刺激をしない方がいいだろうというのは、アルにも判断できた。

【……申し訳ありません、リチャード】

ヘンリーが苦しげな表情で呟く。

【喋ってないで、サッサと行け】

フライトアテンダントに押しつけられていた銃口が、まっすぐ丸腰のヘンリーに向けられる。ヘンリーはファーストクラスとエコノミークラスを仕切るカーテンに背中が触れるまで下がった。

【そこで止まれ！】

男の命令で、ヘンリーの足が止まった。

【そこからは前を向け。エコノミーの、空いている席へ行って座るんだ。誰に何を聞かれても、決して喋るな。エコノミーの席が少しでも騒がしくなったら、ファーストに残っている乗客を全員殺す】

ヘンリーは膝丈まであるカーテンをゆっくりと捲り、エコノミークラスの席へと歩いていった。ファーストクラスにはリチャード、マーサ、暁の他に五十前後と思しき中年の夫婦らしき二人連れがいたが、ヘンリーがいなくなった途端、犯人の銃口は座席に座る乗客を一人一人順番にとらえていった。ロシアンルーレットの、無言の脅迫。ファーストクラスの乗客全員が息を吞むのがわかる。

【全員立て】

男の声は命令形だが、荒ぶってはいない。リチャードが最初に席を立ち、通路を挟んで右側の席に座っている男女も立ち上がる。マーサは口をぎゅっと引き結び、犯人を睨みつけているけれど、体は細かく震えている。そんなマーサを抱きかかえて暁も立ち上がった。

【……きっ、君らはいったい何が目的なんだ】

男女のうち中年男性の方が、たまりかねたらしく口を開いた。するとフライトアテンダントを人質に取った男の背後から、スッともう一人出てきた。同じく目出し帽をかぶっている。仲間がいたのだ。拳銃を持っている男とは違い、そいつは目出し帽から見える目許、口許だけで明らかに黒人系だとわかる暗い肌色をしていた。

黒人の男は通路を歩いて乗客に近づいてくると、手品でもするような滑らかな手つきで背後から拳銃を取り出し、中年男性の額、十インチ（約二十五センチ）ほどの距離で構えた。中年男性が【ひいっ】と短い悲鳴をあげ、隣にいた女性がガタガタ震えだす。

【口を開くな。黙って命令に従え。……それとも死にたいのか】

中年男性は瀕死の魚の如く口をパクパクさせながら、声もなく喘ぐ。喋るなと言われたから、声が出せないのだ。

誰も、指先一つ動かせない緊迫した状態の中で、ファーストクラスとエコノミークラスを分けるカーテンがジャッと無造作に開かれた。南米系かと思われる顔つきのフライトアテンダントは、銃を手に仁王立ちした男に気づくと両手で口を押さえた。

フライトアテンダントの視線がぎこちなく周囲を巡り、そして同僚が人質になっているという現実に目を大きく見開いた。

【……シャッ、シャロン……】

人質になっているフライトアテンダントは、シャロンという名前らしい。シャロンを拘束している男の銃が、新たにこの地獄に足を踏み入れた南米系のフライトアテンダントに照準を定めた。

【大きな声を出すな……叫べば撃つ】

南米系のフライトアテンダントは、震えながら両手を胸の前で握り締めた。

【こちらの指示に従えば、乗客に手出しはしない。騒ぎ立てれば、人質になっているこの女から殺す。……今からここにいる五人を後ろの席へ移動させる。その後は指示があるまで、カーテンからこちらに入ってくるな。……乗客でも乗務員でも、入ってくるよ

うなことがあれば撃つ】

フライトアテンダントに銃を突きつけている犯人が静かに告げると、黒人の男が【お前から行け】と中年男性の肩を押した。男は前屈みになって転びそうになりながら通路に出ると、ふらつきながら後方座席に向かっていった。カーテンの手前で南米系のフライトアテンダントが脇に寄る。男性の後に中年女性が続き【次はお前だ！】と黒人の男は銃でリチャードをさした。

こんな局面でも、リチャードは落ち着いていた。表情こそ硬かったものの、背筋を伸ばし、ゆっくりとエコノミーの席へと歩いていく。

リチャードの後は、暁が指名された。暁は、震えているマーサの手を引いて通路に立たせる。そしてアルが入っているバスケットを手に持ち、片手でマーサを支えながらその背後を歩いた。

【おいっ！】

黒人の男の鋭い声に、暁は足を止めた。振り返る。

【手に持ってる荷物を置いていけ】

暁の額を男の銃口が狙う。

【ここに置いておくと厄介だ】

【荷物は置いていけと言ってるんだ！】

犯人の罵声に、暁は頬を強張らせながらバスケットを座席に置いた。そして中にいたアルを掴み出した。

【今、籠の中から出したものは何だ】

黒人の男は見逃さなかった。アルも思わず息を呑む。

【ペットの蝙蝠だ。放っておくと鳴いてうるさいかもしれない】

【全部置いていけと言っただろう！　殺されたいのか！】

男の声が怒気を孕む。暁は震える手で蝙蝠をバスケットの中に戻し、籠を座席の下へと押し込んだ。遠くなる暁の足音を、アルはじっと聞いていた。

南米系のフライトアテンダントもエコノミー席に移動したあと、不意にバスケットが揺れた。蓋が開き、黒人の男のぎょろりとした目と目が合う。アルをまじまじと見つめたあと、男はチッと舌打ちした。

【小汚え蝙蝠だな】

失礼な野郎だ！　と苛立ちつつも威嚇はしない。体の中の怪我も治ってないし、ろくに飛べないこの状態で下手に好戦的な態度を取ったら、きっと痛めつけられる。アルは怯える小動物を装い、うずくまったままおとなしくしていた。

男はバスケットを座席に上げたうえに、蓋を開けっ放しにしたので、周りがよく見えた。ファーストクラスは座席数が少なく、アルがいるのは一番後ろの席で、背後はエコノミークラスとの仕切りの壁になっている。

乗客を追い出し、隔離されたこの空間にいるのは犯人の男二人と、人質のフライトアテンダント、シャロンだけだ。

「全員、エコノミーの席に移動した」

黒人の男が、シャロンを拘束している背の高い白人の男に話しかける。

「そうだな」

返事をし、背の高い男は人質のシャロンから手を離した。シャロンは締め上げられていた喉許を軽くさすり、フッと息をつく。

アルは違和感を覚えた。シャロンの顔から、さっきまでの怯えきった人質の表情が消えている。しかも犯人に何の断りもなく、一人でサッサと前方にあるギャレーの中に引っ込んでしまった。勝手に歩き回ったら撃ち殺されるんじゃないかと、見ているアルの方がハラハラするが、犯人たちは彼女を咎めることもない。

人質のはずなのにおかしい。見張っているのが面倒になった？　それとも乗客全員が人質だから、一人ぐらい勝手なことをしてもいいと思ってるんだろうか？

犯人たちは、一人が通路、一人が座席の間に入ってエコノミークラスとの仕切りのカーテンを狙っている。それからすぐ、ガシャンと前方で大きな音がした。

三十前後の男性が、両手を頭の後ろで組んだまま操縦室から姿を現した。白いシャツの肩についた徽章（きしょう）で、男がパイロットだとわかった。機長がいないと飛行機は飛ばないから、男の年齢からして副操縦士かもしれない。

　パイロットは真っ青な顔で膝を震わせながらゆっくりと歩いている。それもそのはず、男の背後には、拳銃を持った背の低い目出し帽の男が影のようにぴたりと寄り添い、背中に拳銃を押しあてていた。犯人にはまだ仲間がいたのだ。目許、口許からして、この男は白人だろう。

　エコノミークラスとを仕切っているカーテンの前まで来ると、背の低い男はガラガラ声で【行け】とパイロットの背中を押した。そのタイミングを見計らっていたのか、機内放送がはじまった。

【機長から皆様にお知らせがあります。……当機はハイジャックされました】

　上擦った機長の声に、機内が俄（にわか）にザワザワと騒がしくなる。白人で背の高い男がエコノミークラスとの仕切りのカーテンをザッと引いた。

【静かにしろ！　声をたてるな】

　騒がしかったエコノミー席が、シンと水を打ったように静かになる。アルもこいつらはハイジャック犯ではないかと予測していたが、改めて言葉にして聞かされると、目の前でおこっていることは最悪な現実なんだと思い知らされる。

【これからは俺たちの指示に従ってもらう。おとなしく言うことを聞くなら危害は加え

ない。……ただし大声をあげたり、俺たちに逆らったりすれば、その場で撃ち殺す】

声を張り上げる背の高い男の後ろ姿を見ながらアルは考えた。一人だけ、一人だけだったら、怪我をしている蝙蝠の自分でもどうにか戦えたかもしれない。拳銃を持った手に飛びついて……そこまで考えたところで、暁の言葉が、ふと脳裏を過った。

『何が危険で、何がそうでないかぐらい自分で判断しろ！』

犯人は三人もいる。自分一人で戦って勝てるわけがない。それどころか犯人を興奮させて、意味のない殺人を誘発してしまうかもしれない。闇雲に立ち向かうよりも、みんなが安全に、生きてこの状況を乗り切る方法がないか考えるべきなのだ。

【どっ、どうしてこんなことをするんだ】

エコノミー席に座っている乗客の一人、前方の方から壮年の男らしき声が聞こえた。背の高い男の銃口が客席に向けられる。

【俺たちの目的を知る必要はない。……お前、俺の許可なしに口を開いたな】

壮年の男が【うっ、撃つな】と声を震わせる。犯人は無言のまましばらく、嫌がらせのように客席へと銃口を向けていた。

【今回は許してやろう。次にこちらの許可なしに声をあげたら殺す。周囲の人間と話をしても殺す。……死にたい奴は、さぁ口を開け】

犯人に声をかけるどころか、囁き声すらぴたりと止まる。ゴーッと飛行機のエンジン音だけが機内に大きく響く。

恐怖で乗客の声を奪ってから、犯人たちは動きはじめた。黒人の目出し帽の男が、窓際の乗客に命令して飛行機の窓のブラインドを全て下ろさせた。次はフライトアテンダントに大きな布袋を渡し、乗客の携帯端末、スマホやタブレット類を回収するよう命じた。回収する前、背の高い男は【隠し持っているのを見つけたら、持っていた者とその両隣、前後の人間を殺す】と言い添えることを忘れなかった。

集まった大量の携帯端末の電源が切られているかどうか、一つ一つフライトアテンダントに確認させたあと、背の高い男は布袋をファーストクラスの座席の一番前に置いた。携帯端末を回収することで、乗客が外と連絡を取る手段を完全に絶ったのだ。

次に何がおこるのかとビクビクしている乗客を、犯人たちは振り分けはじめた。男は一番後方、中ほどに女性、最前列は子連れの母親と年配者を座らせる。後方から隙間なく詰めて座らせたので、エコノミー席の最前列から数えて九列ほどが空席になった。

背の高い男が見張りになり、エコノミー席の通路に立ったまま乗客に銃口を向ける。黙っていろという言いつけを守らなければ、速攻で撃つ態勢だ。

背の低い男と黒人の男はファーストクラスの席まで引っ込み、エコノミークラスとの仕切りであるカーテンをひいた。

するとギャレーからジーンズにジャンパー、目出し帽をかぶった細身の男が一人出てている。
きた。四人目の犯人だ。用心深い質なのか、この男は目出し帽の上にサングラスをかけ

【クロウ、客席の様子はどう?】

アルは自分の耳を疑った。あの声は間違いなく女性だ。四人目の犯人は女。アルはもしかして、と思った。もしかして、あの女性は……。

【みんなおとなしいモンだ】

クロウと呼ばれた背の低い白人の男が、銃を腹とズボンの間に差し込んだ。甲高いのにガラガラと掠れた耳障りな声は、まさにクロウ(カラス)だ。

【おいキャット。お前は喋らない方がいいんじゃないのか?】

黒人の男が目出し帽をかぶっていてもわかるほど渋い顔をする。

【ドッグ、あなたは心配性ね。乗客は全員、後方に詰めて座らせたんでしょう。それだと前方に九列、空白の席ができているはずよ。それだけ客と距離があれば、ここでの話なんか聞こえっこないわ】

アルは確信した。声を聞かれることを警戒する女。なぜならエコノミー席には乗客だけでなく、副操縦士とフライトアテンダントもいる。目出し帽やサングラスで顔や目の色は隠せても、声で誰なのか気づかれてしまう。間違いない。キャットと呼ばれている女は、最初に人質になっていたフライトアテンダント、シャロンだ。

【おい、乗客は全員で何人になるんだ？】

クロウが、キャットに聞く。

【名簿だとちょうど八十人。それにフライトアテンダントと機長、副操縦士を合わせて八十六人ね。……で、ボスはどうなの？】

【操縦室にいるぜ。機長一人だから、見張りはボスだけで十分だ。俺が定期的に様子を見に行くし、何かあれば内線で連絡が来る】

聞いている話から察すると、犯人はもう一人、ボスという人物がいるらしい。

【じゃあ当初の計画通り、ガイアナに向かっているのね】

【あぁ、そうだ】

アルは両耳をピンと立てた。行き先はロサンゼルスだったはずだ。本当にガイアナ……南米の小国へ向かっているなら、犯人は飛行機のルートを変更させたのだ。ひょっとして亡命するつもりだろうか。けどそんなことしなくても、ガイアナには旅行で行ける。犯人の目的がよくわからない。

【操縦室の様子を見てくる】

そう言うと、クロウは【ピース・エンジェル】と呟き人差し指を鉤形にした。キャットも【ピース・エンジェル】と繰り返し、人差し指を鉤形にしてクロウと絡み合わせる。ドッグと呼ばれている黒人の男も二人と指を絡ませた。それが仲間内の合図らしい。

クロウが操縦室に行ったあと、見張りをしていた背の高い男が【おいっ】とカーテンを捲った。

【ドッグ、こっちを手伝え。トイレに行きたいって奴がでてきた。一人じゃ見張りの手が足りん】

ドッグが【オーケー、ジラフ】とカーテンの向こうに出ていく。乗客がトイレに行かせてもらえることに他人事(ひとごと)ながらホッとする。いい大人が垂れ流しは精神的にきつい。

アルは犯人とその呼び名を頭の中で整理した。見たことのないボス、女のキャット、黒人のドッグ、背が低くてガラガラ声のクロウ、背が高くてクールなジラフ……犯人たちは、最低でも五人いる。声と目、口許の印象では大体の見当しかつけられないけれど、キャットは二十代前半、ドッグも同じぐらい。クロウとジラフは落ち着きがあるので、三十過ぎではないだろうか。

目指すガイアナに着いたら、乗客は本当に解放されるんだろうか。トイレに行かせてくれることを考えれば、可能性は高い。おとなしくしているのが最善策だと思う反面、いつ解放されるんだろうという不安が過(よぎ)る。

太陽が出ている間はいいとして、予想外に何時間も機内に閉じ込められることになってしまったらどうしよう。日が落ち、ここで蝙蝠から人になったら……間違いなく大騒ぎになる。

日が落ちそうになったら、人目につかない場所に隠れて人間に戻るしかない。この狭い飛行機の中で隠れられる場所といえば、ギャレーかトイレだけ。けどそこも見つからないとは限らない。ギャレーの仕切りはカーテンを捲られたら一発だし、トイレだって他の誰かが入ってくる可能性がある。

操縦室のドアがギッと音をたてた。中から誰か出てくる。目出し帽をかぶった恰幅のいい男だ。初めて見るこいつが、きっと五人目の犯人、ボスだ。背は六フィート（約一八三センチ）ぐらい、目許、口許の雰囲気からして、白人の男で五十前後に感じる。

【ボス、交渉はどうなってる？】

キャットがボスに駆け寄っていく。ボスは軽くため息をつき、腕組みした。

【エンジェルの釈放、ガイアナ共和国への亡命どちらにも回答はない。答えを引き延ばして、持久戦に持ち込んでこちらが折れるのを待つって魂胆なんだろう。だが長引かせるつもりはない。向こうにはあと一時間でどちらかの了承が得られなければ、十分過ぎるごとに乗客を五人ずつ殺していくと伝えた】

エンジェルは今、ニュースにもなっている死刑判決を受けたカルト集団の教祖だ。このハイジャックは、エンジェルの釈放を目的にしているのだ。そうするとここにいる犯人たちも全員、カルト集団の信者なんだろうか。

アルはブルッと身震いした。問題をおこしたカルト集団は殺人を犯していた。教祖エンジェルが捕まったのも殺人罪だ。人を殺し慣れている教祖と、その信者。……脅しではなく、本当に誰かを殺すかもしれない。

ボスが腕時計をチラリと見た。

【タイムリミットまで、あと四十分だな】

【今は待つのみね。……ボス、私の分の銃はないの？】

キャットの問いかけに、ボスは頷いた。

【銃は四丁しかない。車椅子に仕込めたのがそれだけだった。数に限りがあるなら、使い慣れた者が手にしていた方がいい。お前にはこれを貸してやる】

ボスが上着から取り出したのは、小さなナイフだった。

【できる限りここにいるんだ。細かい仕事は他の奴らにやらせろ。お前は変装しても、声で身許がばれるかもしれないからな】

ボスは【ピース・エンジェル】と指を鉤形に曲げた。キャットも【ピース・エンジェル】と指を鉤形に曲げてボスの指に絡めたあと、ナイフを受け取った。

ボスは操縦室に戻っていく。入れ替わりにガラガラ声のクロウが客室に出てきた。ボスとクロウが交替で機長を見張っているのだ。

クロウのジーンズ、腹の部分に無造作に突っ込まれた拳銃を見ながら、アルは搭乗前のマーサとヘンリーの会話を思い出していた。変わった形の車椅子と、機内まで持ち込まれたそれ。ボスが言っていた【車椅子に仕込めた……】という言葉が本当なら、車椅子スポーツの競技者を装って飛行機に乗り込んだ集団が、このハイジャック一味かもしれない。

空港での警備は厳しい。一目で警官だとわかる人間がウロウロしているし、荷物検査だって厳重だ。いくら車椅子の中に仕込んだとはいえ、その中をかいくぐってこられるんだろうか。いや、実際に機内に拳銃は持ち込まれたのだから、そうなんだろう。

ファーストクラスに背の高いジラフが戻ってくる。客席の見張りはジラフと黒人のドッグが交替ですることになったようだ。

ジラフはファーストクラスのゆったりした座席に腰を下ろした。ちょうどアルのバスケットの置かれた席の横だ。

【ねえジラフ、ドッグに無駄撃ちをしないでって言っておいてよ。弾は貴重なんだから】

【いちいち言わなくても、それぐらい本人もわかってるだろう】

キャットの声に、ジラフは上を向いたまま面倒くさそうに答える。

【あいつ、たまに暴走するでしょう。気になるのよ】

ジラフはしばらく沈黙していたが、不意に【ラビットとバードはどうした?】と聞いてきた。動物系の名前だ。アルが見た五人とは別に、まだ飛行機の中にそういう呼び名の犯人がいるんだろうか。

【手荷物検査場で必要物品を通したあと、すぐに体調不良で早引けしているはずよ】

キャットが肩を竦める。

【そんなことをしたら、真っ先に怪しいと疑われるんじゃないか】

【あの荷物を通した手荷物検査場の職員が誰だったのかなんて、調べればすぐにわかるわ。それだったら早く逃げた方がいいのよ】

拳銃を仕込んだ車椅子を機内に持ち込む際、空港関係者が内部から手引きをしたのだ。そんなことをされたら、どれだけ取り締まりを強化しても無駄だ。

【銃を持ち込むのは、もっと大変かと思ってた】

ジラフがぽつりと呟く。

【手荷物検査係に仲間がいたからよ。でなきゃ難しかったわ。エンジェルが逮捕された時に、万が一を考えて仲間を入れておいてよかった】

ジラフは再び黙り込んだ。キャットも話しかけることはしない。十分ほどでドッグに呼ばれ、ジラフは立ち上がった。エコノミーの客席へと歩いていく。その背中がカーテンの向こうに消えてから【おい】とクロウがキャットを呼んだ。

【……相変わらず何を考えてるかわからない野郎だな】

カーテンの向こうには聞こえないよう、密(ひそ)やかな声。おそらくジラフのことだ。

【無口なだけでしょう】

【エンジェルの男ってだけで、あれが教団のナンバー3か】

【下品な言い方をしないで。彼はエンジェルの「受け皿」なんだから】

キャットが嫌がっているのに、クロウはジラフの悪口を列挙した。エンジェルの教典を正しく理解していない、説法を聞く時の姿勢がなってない、ちょっと顔がよくてエンジェルの受け皿というだけであらゆることに優遇されるのが納得できない等、流れ落ちる水の如くまくし立てる。

ボスとの交替時間になったのか、クロウが操縦席へ向かう。後ろ姿が見えなくなるのを待ちかねたように、キャットはこれ見よがしのため息をついて【だからあんたはいつまで経(た)っても「歩兵」なんだ】と小声で吐き捨てた。

クロウと交替したボスがファーストクラスにやってくる。見張りも交替したのかドッグも戻ってきた。

ボスは厳しい表情をしている。キャットは座席から立ち上がり【向こうの反応はどう?】と不安そうに聞いた。

【エンジェルの釈放は受け入れられた。だがガイアナ共和国が俺たちの入国を拒んでいる。ジム・ジョーンズの二の舞はご免だとな。ったく、あんなペテン師の狂信的集団と同等に語られるとは腹立たしくてならん】

ジム・ジョーンズは有名なカルト集団の教祖だ。そこでアルは思い出した。ジム・ジョーンズが自らの王国を築き上げ、信者を集団自殺に導くという地獄の舞台になったのは、ガイアナ共和国のジャングルだった。

アルにしてみれば、ジム・ジョーンズもエンジェルも大差はないけれど、ボスに言わせると違っているらしい。

【ガイアナには先に信者が入っていて、エンジェルを迎える準備は完璧よ。飛行機が着陸さえできたらいいのに。何とかならないの】

キャットが詰め寄る。ボスは気難しい顔で両腕を組み、目を閉じた。

【交渉は続けるが、ガイアナが許可を出すまでに時間がかかるかもしれない。仕方ないからいったんテキサスの空港に着陸することにした。……そして奴らには、死をもって我々の意志を伝える】

厳かにボスは口にする。その死が彼らではなく乗客の死であることは明白だった。

【誰から殺す？】

ドッグが勢い込んで身を乗り出す。

【誰でもいい。……ピースフルハウスの信者でなければ、あとはみな虫けらだ】

【じゃあ俺が選んで殺ってもいいか】

今にもエコノミー席へ行って銃を乱射しそうなドッグを、ボスは【待て】と制した。

【物事には順序というものがある。エンジェルの教典を解しようとしない者は、虫けらの論法で襲いかかってくる。エンジェルが虫けらに囚われたのもそのせいだ。我々は虫を刺激せぬよう、上手く立ち回らなくてはいけない】

そしてジャンパーの胸ポケットから一枚のポラロイド写真を取り出した。何が写っているのかアルには見えない。ドッグは写真を覗き込み【おおっ】と小さく声をあげた。キャットが【よくできているでしょ】と得意げに肩を揺らす。

【データでも保存してあるが、どうしても足がつく。こういうアナログの形がかえって安全だ】

ボスは一番前の座席に置いてあった、乗客から集めたデバイス類が入っている布袋の中を探り【これがいい】と今ではほとんど見ない二つ折りの携帯電話を取り出した。どうして古いタイプのものを使うんだろうと首を傾げ、気づいた。あのタイプは持ち主がロックをかけていないものが多い。赤の他人でも、ロックがかかっていなければ使える。

やはりその乗客の携帯電話にロックはかかっていなかったらしい。ボスは電源を入れると、ポラロイド写真を携帯電話のカメラで撮影した。

【着陸したあとこの写真を空港関係者に送りつける。虫けらはフェイクに騙されて騒然となり、我々の要求を受け入れざるをえなくなるだろう。こちらが一枚、上手ということだ】

写真を使って何かを企んでいるみたいだけど、よくわからない。ボスは写真を撮った客の携帯電話を上着のポケットに入れた。

【あと十五分ほどで着陸する】

そう言い残し、ボスは再び操縦室に戻っていった。ドッグも【ジラフに伝えてくる】とエコノミー席のあるカーテンの向こうに消える。キャットは一番前、携帯端末が入った袋が置かれた座席の反対側に腰掛けると、窓際に寄って少しだけブラインドを開け、外を覗き込んだ。それから通路側の席に座り直して、シートベルトをつけた。

【……機長より皆様にお知らせします】

緊張した男性の声で、機内放送が流れた。

【当機はあと十分ほどで着陸いたします。皆様、シートベルトの着用をお願いいたします】

短いアナウンスのあとに、客席がザワッとさざめいた。

【全員、シートベルトをつけろ！】

ドッグの声で、一斉にカチャカチャとシートベルトがつけられる音がする。そのうち飛行機が降下しているのを感じられるようになった。飛行機がガタガタと揺れだす。アルは籠の底に戻ってじっと丸まった。ほどなく、ドンッと大きな衝撃があった。バスケットが跳ね、アルの体も上下に揺れる。すぐさま凄まじい重力がかかってバスケットが横倒しになり、アルは座席の足許に放り出された。そのまま椅子の下を転がり、近くの壁に叩きつけられた。

頭と内臓を激しくシェイクされた上に、衝撃でせっかく治りかけていた骨がまた折れる。アルは「ギュギューッ」と呻いたが、その声は逆噴射の轟音(ごうおん)に掻き消されて、一番前の席に座るキャットには聞こえなかったようだった。

涙目になりながらアルが痛みに耐えているうちに、飛行機は静かになった。もうエンジン音は聞こえない。機体はテキサスの空港に、完全に着陸したのだ。

カチャリと金属音がして、一番前の席に座っていたキャットが立ち上がった。エコノミー席の方へと歩き、カーテンの隙間からこっそり様子を窺っている。見て安心したのか再び席に戻ると、フッと息をついていた。

シカゴを出てすぐに飛行機はハイジャックされた。目的地はガイアナ共和国だが、受け入れ拒否をされてテキサスの空港に降りた。距離的には飛行機の正規の目的地であるロサンゼルスに行くよりも、テキサスの方が近い。時計がないので時間がわからないけれど、大雑把に計算をすると今は午後三時前後じゃないだろうか。そうすると自分の体が変わる日没までだいたい三時間半だ。あと三時間半で全員が解放されるだろうか。全てはガイアナ共和国がハイジャック犯の要求を受け入れるか否かにかかっている。

万が一交渉に時間がかかり、日が落ちてしまった時のために、今のうちに後方座席に移動し、機体の中ほどにあるエコノミー席のギャレーか後方のトイレに隠れるしかない。エコノミー席の見張りはドッグとジラフ。最初にギャレーとトイレを見て回り、人がいないと確認していたらそう何度も繰り返し確かめはしないだろう。上手くすれば見つからずにすむかもしれない。

蝙蝠姿の今だったら、移動しても目立たない。座席の下を這っていけば、こっそり一番後ろに行けるんじゃないだろうか。

体の痛みを我慢しながら這い出した時、ボスが【やったぞ！】と声をあげながら姿を現した。アルは思わず通路へ顔を出してしまった。

【ガイアナ共和国が我々を受け入れると言ってきた】

キャットが立ち上がり【よかった！】と手を叩いた。

【人質を殺したと画像を送ったのが効いたようだ。これもエンジェルを依り代にしている神のお導きだろう】

聞き耳をたてていたアルは「んっ？」と首を傾げた。アルの記憶にある限り、機内で銃声は聞いていない。銃でなくても、例えば首を絞めるとかでも人は殺せるけれど……。自分が知らないうちに、ジラフかドッグが乗客を殺したんだろうか。

【お前はこれから「死んだ」人間になる】

ボスに指をさされたキャットは【何の問題もないわ】とニコリと微笑んだ。キャットが死んだ人間？　キャットは生きているのに？　何がどうなっているのか訳がわからない。

【話はまとまったが、エンジェルをシカゴからテキサスに移送するのに、五時間ほどかかると言われた】

【そんなに必要ないでしょう】

キャットは眉を顰める。

【刑務所から現地の空港へ行く時間も必要だし、空港からは小型飛行機でこちらに向かうので時間がかかるそうだ。ジェットとは違う。それから条件を全てのむかわりに、今すぐ人質全員と死体を引き渡せと言ってきた】

【何ですって!?】

キャットは座席のヘッド部分をバンッと叩いた。

【この状態で人質を返すのは危険よ。人質解放の際にＳＷＡＴに乗り込まれるパターンが多いの。ドアを開けるのは自殺行為だわ】

【だが人質を先に解放しないと、エンジェルは引き渡されない】

キャットがこれ見よがしにため息をついた。

【こちらの要求ばかり突きつけても、虫けらは納得しない。それに交渉が長引くと、人質の管理が面倒になる。死体の引き渡しは引き延ばすとしても、人質の数は減らした方がいい。SWATに関しては、奴らが踏み込んでくるとわかった時点で、飛行機に仕掛けたプラスティック爆弾を爆破すると言っておく。向こうはこちらが何人で、どういう武器を持っているのか把握していないから厳重に警戒するだろう。……実際は我々が銃しか所持していないとしてもだ】

カーテンが揺れて、ジラフがファーストクラスに入ってきた。ボスを認め【話がある】と声をかけてくる。

【乗客で具合が悪いと言っている女がいる。……面倒なので、殺してもいいか】

淡々とした口調。アルもギョッとしたし、ボスも苦笑いしている。

【まぁ待て。こちらの要求は全て受け入れられた。そのかわり人質を一部、返そうと思っている。その女は先に降ろしてしまえばいい】

【……早くしてくれ。呻き声が耳障りだ】

ジラフがエコノミー席へ戻ったあと、ボスとキャットは人質を返す算段をはじめた。自分たちを除く乗客、乗員八十六人のうち、操縦士二人を含めて十人を残し、残りの七十六人を返すことで話がまとまる。

【子供、年寄り、女、フライトアテンダント、男の順に降ろす。年寄り、女は扱いやすいから残しておきたいが、向こうが優先して降ろせとわめき立てている。……こうなったら、残す男を選んだ方が早そうだな。男の選択は、ドッグとジラフに任せる。俺は操

縦室に戻って、解放する人数、方法をあいつらと協議する】

　ボスが操縦室に戻ったあとしばらくして、ドッグがファーストクラスに入ってきた。

【人質を一部、解放することになったわ】

　キャットが伝えると、ドッグは【それがいい】と頷いた。

【人数が多いと、監視が面倒だ。素人相手だからまだマシだが】

【操縦士を含めて十人、男を残すことになったの。誰を残すかはあなたとジラフで選んでいいってボスが言ってた。なるべく国籍の異なる人を残してね。各国に配慮して迂闊に手が出せないように。けど年寄りはやめてね。向こうがうるさいから】

　ドッグは【わかった】と答えて、エコノミー席へと戻っていった。ほどなく後方がザワザワと騒がしくなった。席を移動しているのか、足音が響いている。

　アルは座席の下の通路側に寄った。この飛行機は出入口が前方一ヶ所、機内の通路も一本しかない。もし暁が解放されることになれば、必ず通路を通る。自分の目の前を通りかかった時、ズボンの裾に飛びつけばいいのだ。暁はきっと自分だとわかってくれる。

　後部座席に移動するのはやめて、アルはしばらく待つことにした。それから一時間ほどすると、ドッグを先頭に、通路にゾロゾロと乗客が並びはじめた。ドッグは前方にあるギャレーの手前まで乗客を誘導し、自分はドアの前に立った。

　キャットはファーストクラスの座席の真ん中、窓際の座席の上に立って、ナイフを右手に見張っている。服を着替えて目出し帽にサングラス姿なので誰も彼女をフライトアテンダントのシャロンだとは思わないだろう。

足許だけだと暁を見過ごしてしまいそうで、アルは座席の下から無理して座面に飛び乗った。そのせいで体中が痛み、しばらくうずくまったまま顔を上げられなかった。

ようやく痛みが引いて顔を上げたアルは、列の前方にマーサがいるのを見つけた。解放されるのだ。女性や子供、老人は先にと言っていたので大丈夫だろうとわかっていたけれど、改めて確かめられると心底ホッとした。

昇降のタラップが接続されたのか、ガタンと大きな音がした。全員が息を潜める中、ドッグがフライトアテンダントに命じて、ドアを開けさせた。

アルの前にいる乗客が、ゆっくりと動きはじめた。子供、老人、女性と続き、男性が降りはじめる。リチャードとヘンリーも通路を歩いていくのに、暁の姿が見えない。今か、今かと待ちわびるアルの前で、人が途切れた。スーツ姿のアラブ系の男が最後で後には誰も続かない。ざわりと胸騒ぎがする。

乗客が降りるのを手助けしていたフライトアテンダントが降りてすぐ、開放されていたドアはキャットの手によって閉じられる。アルは愕然とした。自分が暁を見逃すはずがない。暁は残される乗客八人の中に運悪く選ばれてしまったのだ。

キャットがカーテンを捲って後部座席を眺め【随分とスッキリしたわね】と呟いた。

飛行機の前方にいたドッグがキャットの背後に立ち【これで見張りも楽になるぜ】と両手を大きく上げて伸びをした。

【残っている人質だけど、人数も少なくなったし、全員縛ったらどう？　そしたら見張りがいらなくなるわよ】

キャットの提案に、ドッグは首を横に振った。

【縛る方が面倒だ。トイレに行きたいと言われたら、そのたびにほどかないといけなくなる。垂れ流しでもいいが、臭いは地味にキツイからな】

キャットは【それもそうね】と納得したようだった。

【だが機長はこっちに連れてきて、一緒に監視してもいいかもしれないな。そしたらクロウとボスが自由に動ける】

【それは駄目よ】

今度はキャットがドッグの提案を却下した。

【以前、操縦室の窓からＳＷＡＴが突入してきた例があるの。あそこを空にはできないわ】

ドッグは【結局、人質の数が減っただけで、前と同じか】と肩を竦める。

【人質は十人で見張りも楽になるんだし、ジラフとの交替を遅らせて少し休んだらどう？　予定通りにいけばいいけど、向こうがゴネたら長期戦になるわ】

ドッグは【そうだな】と相槌を打ち、エコノミー席へと戻っていった。入れ替わるようにして、ボスが操縦室から出てくる。

【人質も問題なく返せたな】

キャットは【バッチリよ】と親指をたてる。ボスはファーストクラスの一番前の席、着陸の衝撃で足許に落ちた携帯端末の入った袋を窓際に蹴って寄せ、ドッと腰を下ろした。

【飲み物はあるか？】

【水、コーク、ジュース、どれがいい？】

【水でいい】

キャットに水のペットボトルをもらい、ボスは勢いよく飲んでいる。それからすぐにボスの傍で軽快な着信音が鳴りはじめた。不意にプツリと音は途切れ、後ろに何か投げつけられてくる。ファーストクラスとエコノミークラスを仕切る壁にぶつかり、跳ね返ってアルのいる座席の足許にゴトッと落ちてきたのは、ボスが使っていた客の携帯電話だ。

【苛々してるわね】

キャットの問いかけに、ボスは【ハーッ】と息をつき、頭を掻いた。

【操縦室にいると気の休まる暇がない。ＳＷＡＴに狙われているんじゃないかと、それ

ばかり気になる。空を飛んでいる方がマシだった】

【人質も残っているし、こちらの人数もわかってないから、奴らは無茶しないわ。それに窓は全て毛布で目隠ししたんでしょ。大丈夫よ】

二人の話を聞きながら、アルは座席の上から床に落ちた携帯電話を見下ろした。これって使えるんじゃないだろうか。しばらく悩んだあと、意を決して絨毯（じゅうたん）の床に飛び降り……いや、落ちた。衝撃で叫び声が出そうになり、丸くなってじっと耐える。痛みが治まってから携帯電話に近づくと、鉤爪で隙間をつくってそこに鼻先を押し込み、フリップを開けた。画面は真っ暗だ。電源を入れたら、きっと音がする。アルは電子音をかき消せるだけの大きな物音がするまでじっと待った。

【ねぇボス、何か少し食べる？　ミックスナッツだったらあるわよ】

キャットの声と足音。今がチャンスだと思い電源を入れた。小さな電子音が響き、ボスが【んっ？】と首を傾げる。

【おい、今何か音がしなかったか？】

ボスが通路に身を乗り出して、周囲を見渡している。

【音なんかしてた？】

【携帯電話のような……】

【袋の中に電源を切り忘れたやつがあったんじゃないの？】

【そうかもしれんが……】

アルは息を潜めて様子を窺った。

【ボス、少し神経質になってるんじゃない？　心配いらないわよ、エンジェルの導きで全て上手くいっているわ。昨日もほとんど寝てないんでしょう。ここで少し休めばいいのよ】

キャットに諭されたせいだろう、ボスが音のもとを探しに来る気配はない。アルは電源を入れた携帯電話を銜えてずるずると座席の下に引きずり込み、鼻先でボタンを押しながらメールの履歴を探った。一時間ほど前に送信したメールを開いてみると、画像の添付ファイルがついていた。それを開けて驚いた。仲間の一人、キャットがフライトアテンダントの制服を着て、血だらけになって横たわっている写真だ。思わず前方を見た。キャットはファーストクラスの最前列、通路を挟んでボスの反対側に腰掛けている。

ボスは交渉の材料として、キャットが殺されたように見える画像をあらかじめ用意していたのだ。写真からは、場所はどこなのかわからない。本物のフライトアテンダントのキャットが制服を持って帰りさえすれば、自身が殺されたと見せかける画像を準備するのは難しくない。

交渉相手が警察なのか、それとも国なのかはわからない。最初は取引に渋っていたと言っていたけれど、こんな写真を見せられたら、誰でもフライトアテンダントが本当に

NOKIA

殺されたんだと信じてしまう。そしてこれ以上の犠牲者を出さないために、取引に応じざるをえなくなるだろう。

飛行機の中でおこっていることを、外の人たちは何も知らない。けど自分は知っている。そして伝えられる。アルは鼻先でメールを打った。

『ハイジャック犯は五人。男性四人、女性一人。フライトアテンダントのシャロンはハイジャック犯の仲間。送られた画像は前もって準備されていたもので、殺された人は一人もいない。車椅子の中に隠して銃を機内に持ち込み、男四人がそれぞれ一丁ずつ所持している。女はナイフのみ。他に武器はない』

打ち終えるまでに、かなり時間がかかった。そしてアルはボスが添付メールを送ったアドレスに、自分の書いたメールを送信した。この情報が少しでも外にいる人たちの役に立ちますように、早く助けてもらえますようにと願いながら。

送信して五分も経たぬうちに、メールの着信音が聞こえた。軽快な音楽が、静かな機内に鳴り響く。メールを送ったら返信があるかもしれないという可能性をすっかり忘れていた。電源を切っておかないといけなかったのだ。

ボスが立ち上がるのがわかり、アルは慌てて後ずさると、椅子の脚の陰にうつ伏せになって隠れた。通路に出てきたボスは椅子の下を覗き込み、フリップの開いた携帯電話を拾い上げた。

ボスは乱暴な足取りで通路を引き返し、一番前の席まで戻った。キャットが【なっ、何。痛いわ。腕を離して！】と小さく声をあげる。

【このメールを送ったのはお前かっ！】

ボスが怒鳴る。

【メッ、メールって何のことよっ】

短い沈黙のあと、キャットが【ひっ】と息を呑む音が聞こえた。

【なっ、何なのよっ。このメールっ！】

【しらばっくれるな！　俺が居眠りしている間に情報を送ったんだろう。なぜ外に漏らすようなことをしたっ！】

ボスはメールを送信したのがキャットだと思い込んでいる。

【しっ、知らない。私じゃない！】

キャットは声を上擦らせ、必死になって否定する。

【こんな自分の不利になること、私がするわけないじゃない！】

悲鳴があがり、キャットが通路に倒れた。サングラスが座席の下に転がっていく。

【送信履歴を確かめた。メールを送ったのは五分前だ。俺がここに来てから、お前の他に誰もこのファーストクラスの座席に顔を出していない。お前しかメールを打てる奴はいないんだよっ！】

【違う、違う、違うからっ！】

キャットは仰向けのまま上半身だけ起こし、じりじりと後ずさった。

【いっ、嫌よっ……撃たないで！】

アルはギョッとした。ボスはキャットに銃を向けているのだ。

【お前は現世でエンジェルの妹だ。我々もお前のことは尊重してきたが、たとえ妹だとしても、エンジェルに害をなす者は許さない】

【違う、違う……私はそんなこと絶対にしてないっ】

何人も人を殺し死刑判決の出た教祖の妹で、ハイジャック犯だとしてもここで撃たれるのは間違っている。しかも自分のせいで、本当は何もしてないのに殺されるのだ。止めないといけない。だけどこんなボロボロの蝙蝠の姿で、ボスを止められるんだろうか。それでも……とアルが椅子の下から出ていこうとした時、境にあるカーテンが引かれ、ジラフがファーストクラスに入ってきた。

ジラフは通路で仰向けになっているキャットと、それに銃を向けているボスという仲間割れの現状を見ても、顔色一つ変えなかった。

【言い争っている声が後ろまで聞こえてきた。……どうしたんだ？】

【キャットが裏切った】

ジラフは目を細め、首を傾げた。

【乗客の携帯電話を使って、内部情報を外に漏らした】

【私は何もしてない。本当よ、信じて、ジラフ！】

キャットは助けを求めて背の高いジラフの右足に縋りついた。

【じゃあ誰が携帯電話を操作したんだ！　幽霊か】

ボスの怒鳴り声にキャットは激しく首を横に振った。

【私じゃない！　絶対に私じゃない。……ボス、まさかあなた自分で送っておいて、私のせいにしてるんじゃないでしょうね】

キャットが反撃に出た。

【私を陥れようとしてるんでしょう。きっとそうだわ！】

ジラフは二人の言い争いを無言のまま聞いていたが、フッと笑うと右足を大きく蹴り上げた。縋っていたキャットがひっくり返る。そして仰向けになったキャットの額に銃口を押しつけた。キャットの体が、ガタガタ震えはじめる。

【……お前の方が、信用できない】

感情のこもらない声。キャットの両目からドッと涙が溢(あふ)れた。

【ボス、始末するか？】

【……いや、まだだ。まだ殺すな。キャット、ナイフを出せ】

命令されて、キャットは躊躇う素振りを見せたものの、震える手で上着のポケットからナイフを取り出した。ボスはそれを引ったくるようにして奪い取る。

逆らっても無駄だと悟ったのか、キャットは俯いたまま抵抗しなくなった。ジラフはボスの命令を受けて、裏切り者の手足を縛り上げ、座席に座らせるとシートベルトで固定した。キャットは椅子に座ったまま身動きできない状態になる。

【ドッグに、キャットが裏切った、四人になったと伝えろ】

ジラフは浅く頷き、後部座席に戻っていった。ボスはキャットに近づき、目出し帽を乱暴に取りさった。

【……今はまだ生かしておいてやる。逃げ出そうとしてみろ……今度こそ間違いなく殺してやる】

そう耳許で凄んだあと、ボスは操縦室へ入っていった。ファーストクラスにはキャット一人が残される。殺されなくてよかった……と胸を撫で下ろしたアルの耳に、グズグズと洟をすすりあげる音が聞こえた。

【……絶対にボスの仕業だわ。私に何の恨みがあるっていうのよ！】

思いがけない展開も、アルにとっては好都合だった。縛り上げられて、武器も持っていないなら人質と同じ。仲間割れしたことで、犯人は五人から四人になった。

ボスと操縦室の見張りを交替したのか、クロウがファーストクラスにやってきた。うなだれるキャットを見下ろし、チッと舌打ちする。

【……エンジェルの妹ってだけじゃなく、お前のことは買ってたんだ。見損なったぜ】

【私じゃない！】

キャットが否定しても、クロウは聞いてなどいない。

【あともう少しで上手くいきそうだったのに、何てことをしてくれたんだよ！　お前のメールのせいで、向こうが死んだフライトアテンダントの死体を引き渡せと余計にうるさくなったぞ】

【本当に情報を送ったのは私じゃない！】

クロウがキャットを見下ろす冷たい視線は変わらない。あのボスには残りの全員が絶対の信頼を置いているのだ。

似たような手を使って犯人を仲間割れさせ、更に戦力を削ぐことはできないだろうかとアルは考えた。だけどさっきの一件があってから、ボスは連絡に使った携帯電話と、客から集めた携帯端末を入れた布袋をどこかへ……多分、操縦室に持っていってしまった。もう情報を外へ伝える手段はない。

それでも何とかできないかとあれこれ考えるも、怪我をしたままの蝙蝠にこれ以上は無理だと悟った。深追いをするから余計なトラブルに巻き込まれ、怪我をする。アルは「自分にはこれが精一杯」と言い聞かせて、ゴソゴソと後方座席への移動をはじめた。

日が落ちるまでもう少し時間はあるけれど、このボロボロの体だ。時間に余裕を持って行動しておくに越したことはなかった。

椅子の下をずっと這っていたが、エコノミークラスとの間に仕切りがあるので、そこだけ通路に出た。その時、向かいからドッグが走ってきた。速い。慌てて脇に避けようとしたものの、咄嗟に体が動かない。まずい、と思った時にはスニーカーの爪先が目の前にあった。

「ギャッ！」

思い切り蹴っ飛ばされ、アルは椅子の脚の間を左斜めに抜けると、前方の壁に激突した。衝撃に全身の骨が悲鳴をあげ、息も止まらんばかりの痛みに目の前がフッと暗くなる。

【んっ、何か蹴飛ばしたか？】

深みに落ちていくように薄れる意識の中、ドッグの声がエコーみたいに遠くなっていった。

「んっ、いない？」

暁の声が聞こえて、アルはうっすらと目を覚ました。暁が通路で膝を折り、座席の下で横倒しになったバスケットの蓋を開け、首を傾げている。両膝をついた暁は、低い位置から座席の下を覗き込んだ。……目が合う。

暁はファーストクラスの最前列の壁際でうつ伏せになっていたアルを右手でそっと摑んだ。暁だと思うと嬉しくて、弱々しく「ギュッ」と鳴いた。

【……それがお前の言っていた薬なのか？】

ジラフの声で、アルは我に返った。自分たちはハイジャックされた飛行機の中にいる。人質の暁が自由に動けるはずがないのだ。

暁の顔が、かつて見たことがないぐらい強張っている。アルは視線を巡らせ、息を吞んだ。ジラフが暁の背後に立ち、その頭に銃口を押しつけている。

【これは俺のペットの蝙蝠だ。具合が悪そうだったから、ずっと心配……】

【勝手に動くな】

ジラフは暁の言葉を遮った。

【次に勝手なことをすれば、撃つ】

脅しではなく、本気の声色だ。暁は【わかった】と返事をし、ゆっくりと立ち上がった。

【薬はバスケットの中になかった。もう一度、座っていた座席を探してもいいだろうか。3Bの席だ】

【……行け】

ジラフは乱暴に暁の背中を押した。暁はよろけながら自分が座っていた席まで戻り、マーサのバッグを手前に引き寄せた。右手にアルを摑んだまま、左手で座面に置いたバッグの中を掻き回す。暁が何を考えているのかわからないままアルも鞄（かばん）の中を覗き込んでいると、探る手がぴたりと止まった。四インチ（約十センチ）ほどの大きさの瓶が出てくる。『コラーゲン』と書かれてあるそれを、ラベルを隠すように暁は鷲摑（わしづか）みにした。

【薬があった】

そう口にしたあと、暁は「うっ」と小さく呻き、左胸を押さえて背中を丸めた。眉間に皺を寄せ、苦しげに「ううっ」と呻く。心配になってアルは「ギュッギュッ？（大丈夫？）」と小さく鳴いた。

【……どうした】

問いかけはしても、ジラフの声は他人事だ。

【しっ、心臓の……発作が……】

暁は発作と言うけれど、今まで心臓が悪いなんて聞いたこともない。

【薬を飲め。そのためにわざわざ席まで取りに来たんだろう】

【水がないと……飲めない】

暁はヨロヨロしながら前方に向かって歩いた。

【おいっ、勝手に動くな！】

ジラフが追いかけてくる。

【手洗いに水がある……そこで飲む】

暁はジラフを無視して前方のトイレに入り、内側から鍵をかけた。個室に隔離された途端、暁はアルを握り締めた右手を胸にあて、震えながら息をついた。額には粒になった汗が浮かぶ。手のひらにも汗をかいているのか握られたアルの毛がしっとりと濡れている。機内は寒くも暖かくもない。拳銃を持った男を相手に、それだけ緊張していたのだ。ゴトッと音がして床を見ると、コラーゲンの瓶がコロコロと暁の足許を転がった。

「……もうすぐ、日が落ちる」

腕時計を見た暁が、アルの耳許に小声で囁いた。ガツッとトイレのドアが蹴られ、暁の体がビクリと震える。

【鍵をかけるな！　薬を飲んだらサッサと出てこい】

ジラフは苛立ったのか何度もドアを蹴る。そのたびにドアが内側にたわみ、見ているだけで恐ろしくなる。

【待ってくれ。薬のふっ、蓋が開かない……】

暁が言い訳をしている間に、アルの全身がカーッと熱くなってきた。人間への変化がはじまったのだ。みるみる手足が伸び出して、すぐに暁の手の中にいられなくなった。全身を覆っていた毛が吸い込まれるように消え、人間の皮膚が現れる。

完全に人間へと戻ったアルは、全裸のまま暁に抱きついた。頭と背中……いや、全身が痛くて立っていられない。ドッグに蹴られて壁に叩きつけられたのが追い打ちだった。

「大丈夫か」

囁く暁の声に、アルはコクリと頷いた。

「もう少しの辛抱だ」

暁はコラーゲンの瓶を手洗いのシンクに思い切り叩きつけた。ガシャンと音がして瓶が割れ、錠剤が飛び散る。

【お前、中で何をやってるんだ！】

音を不審に思ったのか、ジラフが怒鳴る。

【薬の蓋が開かないから、瓶を割っただけだ】

暁は怒鳴り声で返事をしてから、シャツの左袖をまくり上げた。割れた瓶の破片を、腕の内側に躊躇いなくザクリと突き刺す。ブワッと血が勢いよく出てきた。

「あきら！」

「……喋るな。さっさと飲め」

目の前に差し出された腕。暁にこんなことをさせて……と思う反面、血の甘い匂いに頭がクラクラした。自分が躊躇うよりも強く、本能がそれを欲する。口を大きく開けて、アルは滴る血に口をつけた。体中に甘美な雫（しずく）が染みこんでいく。アメリカに発（た）つ前にたっぷりと血は飲んできた。帰国するまで飲まなくても大丈夫な計算だったのに、怪我をして大量に出血したことで、自分が思うよりもずっと体は乾ききっていた。

「うっ……」

暁が小さく呻く。吸いすぎたかと思いアルが口を離そうとすると、後頭部を押さえつけて強制的に飲まされた。

「……ちゃんと、傷が治るまで吸え」

【何ひとりでブツブツ言ってる！】

また、トイレのドアが蹴られた。

「早くしろっ」

急かされ、アルは暁の顔色を見ながら少しずつ吸い上げた。暁の顔色が、スーッと青くなってくる。「あっ、もう駄目だ」と思ってアルが口を離すと、暁の体が大きく揺らいだ。慌てて抱いたけれど支えきれず、暁は背中からドアにぶつかった。ドッと大きな音がする。

【おいっ、いい加減にしないか】

ジラフの声で、暁がうっすら目を開ける。

【……くっ、薬は飲んだ。ほ……発作も治まった。ドアが……開かない。こ……われてる】

暁の声は掠れて弱々しい。演技ではなく、本当に具合が悪いのだ。

【いいから出てこい！】

フラフラしながら立った暁は、アルの頭を摑んでグッと引き寄せ、耳許に囁いた。

「……この中に隠れてろ。俺が出たらすぐ鍵をかけるんだ。外には出るな。……夜が明けるまで……」

「あきら……からだ……」

暁は青白い顔で目を細め、フッと笑った。

「貧血には慣れてる」

暁はアルを、扉が開いても見えない位置、シンクの側に押しやってから、トイレの外に出た。アルは言われた通り、暁が出るとすぐにドアを閉めて鍵をかけた。

【この野郎っ、勝手なことを…………おい……】

ドサッと大きな音がする。そして沈黙。もしかして暁が倒れた……いや、殴られたのか。心配でいてもたってもいられない。外へ飛び出していきたい衝動を、両手をぐっと握り締めることで我慢した。

暁は犯人に嘘をついて、命の危険をおかしてまで自分をトイレに隠してくれた。そんな暁の気持ちを思うと、闇雲に飛び出していって全てを無駄にすることはできない。

【おい、何を大声で騒いでるんだ？】

ガラガラした悪声、クロウだ。

驚いたクロウの声と、足踏みするような足音がトイレのドア越しに聞こえる。

【……うおっ】

【こいつは何だ！　……お前、とうとう殺っちまったのか！】

アルは目を大きく見開き、息を呑んだ。暁が……殺された？　まさか……まさか……体がブルブル震え出す。

【俺は何もしてない。こいつが勝手に倒れただけだ】

投げやりなジラフの声に【お前なぁ】とクロウが呆れている。

【さてと……どれ、息はしてるな。気を失っているだけか。えらく顔色が悪いな。真っ青だ】

……死んでない。暁は死んでない。アルは両手を胸の前で組み合わせ、心の中で神に感謝した。

【どうしてこの男をファーストクラスの席まで連れてきた？　人質は後ろの席から動かさないはずだっただろう】

クロウの声がジラフを責めている。

【そいつは心臓の持病持ちで、薬が欲しいというから取りに来させてやった。ずっとウンウン唸られて鬱陶しかったからな】

【心臓のせいなら、その薬とやらを飲ませりゃいいんじゃないか？】

【自分で飲んだはずだ。……今の方がさっきより具合は悪そうだがな】

【よくわからんが、ここに放っておくと邪魔だ。後部座席まで引きずっていっとけ】

二人の会話はそこで途切れた。暁が引きずっていかれているであろうズルズルという音も、すぐに聞こえなくなる。

アルは込み上げてくる涙を止められなかった。どんなに体を傷つけられても、吸血鬼は死なない。知っているのに暁は血をくれる。たとえ自分がボロボロに傷ついても……。ちょっとだけ分けて後は我慢しろとか、中途半端なこともしない。どうしてそこまで優しくなれるんだろう。肉親でも恋人でもない、迷惑をかけてばかりの中途半端な吸血鬼に……。

キエフの言葉が脳裏を過った。中途半端なままだと、いつまでも暁に迷惑をかける。その通りだ。でも完全な吸血鬼になる勇気がない。迷惑をかけたくないのに、優しい暁が命がけで守ってくれる、今の立場から変わりたくない。

ドンドンとトイレのドアが叩かれる音で、アルは我に返った。

【……使用中だと？　いったい誰が使ってるんだ】

クロウは舌打ちすると【おい！】と中に声をかけてきた。アルは両手で口を押さえた。息を潜め、叩かれて振動するドアをじっと見つめる。

【おいっ、ジラフ】

　ドッ、ドッと近づいてくる足音。暁を後部座席に連れていったジラフが戻ってきたようだ。

【トイレのドアが開かないぞ。ボスは操縦室で、ドッグは後ろで見張りだろう。キャットは座席に縛りつけたままだ。誰も使っていないはずなのに、内側から鍵がかかって使用中になってる。おかしくないか？】

　少し間を置いたあと、ジラフは【そういえば……】と喋り出した。

【あの男が、鍵がおかしくてドアが開かないとか言っていたな】

【あの男って誰だ？】

【さっきの、倒れた人質だ】

【奴らの言うことがアテになるものか。中に誰か隠れてるんじゃないか】

　アルは背筋がスッと冷たくなった。皮膚がピリピリする緊張感の中、クックックッと小馬鹿にしたような笑いが外から響いてきた。

【……ありえんな。俺はあの男が一人で入って、一人で出てくるのを見た。そこはドアが壊れただけだろう。俺も何度か蹴飛ばしたしな。客席の中央にもトイレはあるんだし、そっちを使え。ドアが開かないことに納得できないなら、蹴破って中を見てみろよ。ネズミの一匹でも出てきたら、褒めてやろう】

ドアは二回、ガンッガンッと大きく揺れた。このままドアを蹴り倒されるのではないかと思ったが、どうやらそれはジラフの嫌味に対するクロウの苛立ちだったらしく、その後は静かになった。

このまま「ドアが壊れた」と認識されれば、朝までずっと隠れていられる。アルはそっと便座の蓋をして、その上に膝を抱えて座った。暁のことが心配でたまらないのに、様子を見に行けないもどかしさで体がジリジリする。犯人たちもキャットを残してファーストクラスの席を離れたのか、足音も話し声もしない。

自分が今、するべきことは物音をたてないよう息を潜め、暁が必死でつくってくれた要塞の中にこもっていることだ。朝になって、蝙蝠の姿に戻るまで。

時計もない、静かな場所に一人きりでじっとしていると、だんだんと時間がわからなくなる。一分経ったのか、それとも十分か、はたまた一時間か、それすら見当がつかなくなってくる。

トイレにこもってから、アルの体内基準で一時間……いや、二時間ほど経った頃だろうか、足音が聞こえてきた。ボスがジラフを呼んでいる。

トイレは操縦室の前にある。その傍で話をしているのか、会話の内容が聞こえてきた。

「……あと一時間でエンジェルがテキサスに着く。向こうはエンジェルと引き替えに残りの人質の解放を要求してきたが、ガイアナまで連れていくといって拒否した。人質は

大事な保険だからな。そしたら死んだフライトアテンダントの遺体だけでも渡せとどうしても引かん】

ボスは言葉を切った。

【向こうがそれを望むなら、望む形を作ってやる。こちらもいい具合に裏切り者を処刑できるし、キャットを引き渡すことで、あれが仲間だという内部情報は間違っていると思わせることもできる】

ジラフは【殺すか？】と、さらりと口にした。

【あぁ、お前がやってくれ。キャットにフライトアテンダントの服を着せて、左胸を撃て】

【すぐ殺っていいのか？】

【急いでくれ。エンジェルが着くまでに片づけたい。あいつらが細かい要求を次々と出してくるから、交渉のやり取りで俺とクロウは操縦室を離れられん。キャットに関してはお前に任せる】

【わかった】

アルは頭を抱えた。キャットが殺される。仲間を裏切ったと誤解されたまま、自分のせいで処刑されてしまう。いくら悪い奴でも、それは嫌だ。

ぐるぐると考えた。仮にトイレを出たとしても、自分はキャットを助けて、残りの四人を一人で倒すことができるだろうか。武器が何もないこの状態で……どこをどう贔屓目に見ても無理だ。自分の取り柄といえば死なないことだけで、喧嘩が強いというわけでもない。思い悩んでる間に、どうやらジラフが動き出した。

【キャット、これに着替えろ】

返事はない。

【手足の拘束も外してやっただろう。着替えないと撃つぞ】

ハッと鼻に抜けるような笑い声が聞こえた。

【着替えたって着替えなくたって、どうせ私のことを撃つくせに。さっきの話、聞こえてたんだから！】

会話の狭間に差し込まれた重苦しいため息は、どちらのものかわからない。

【……知らなければ、恐怖に怯えることなく死を迎えられたのに、不幸な女だ。だが恐れることはない。エンジェルの使徒の手にかかって死ねば、お前の魂は浄化される】

【いっ、嫌よ……嫌。撃たないで……死にたくない、死にたくない……やめてえええええっ】

悲痛な叫び声。もう聞いていられない。アルは反射的にトイレのドアを叩いていた。

悲劇の空間に、沈黙が訪れる。アルはもう一度、ドンッと叩いた。

【誰だッ！】

トイレのドアがガツガツと蹴られる。そのたびにドアは内側に凹む。今、ファーストクラスにいるのは、ジラフとキャットだけだ。他の仲間の声はしない。怪我が治り人間になった今だったら、四人まとめては無理でも、一人一人なら何とか戦えるかもしれない。

【ここを開けろ！】

怪我をしたくて怪我をしたことなど一度もない。そして今出ていったら、自分が傷つく可能性が高いとわかっている。せっかく痛みを取ってもらったのに、きっとまた怪我をする。倒れるまで血を吸わせて治してくれた暁に申し訳ない。

だけどキャットを放っておけない。たとえボロ布みたいになり動けなくなっても、やらずに後悔することだけはしたくない。……大丈夫だ。肉の一片になっても、暁はきっと自分を拾い上げてくれる。

【おいっ！】

怒鳴り声を無視して、三回大きく深呼吸する。危険をおかして自分をここに匿ってくれた暁に「ごめんなさい」と心の中で謝った。

アルはドアロックを解除すると同時にドアを開け、通路へ飛び出した。その勢いに驚いたのか、正面に立っていたジラフの拳銃が自分に照準を合わせるのが少し遅れた。

その僅かなチャンスを見逃さず、真っ先に右手へ飛びついた。まるで闘牛場の牛のような全裸男の突進を受け、ジラフは通路に倒れる。アルは摑んだジラフの右手を頭の上まで持っていくと、青色の絨毯の上に何度も叩きつけた。ジラフはなかなか銃を手放さない上に、左手でアルの顔を殴り、膝を折って腹を蹴り上げ反撃してきた。

腹への一撃が効いて【ウグッ】と呻いたところで、更に二発目を食らった。強烈な蹴りに、アルは仰向けに引っくり返った。その上にジラフがのしかかってくる。

男二人が縺れ合って殴り合うその上を、何かが飛び越えていった。キャットだ。気づいたジラフが銃でキャットを狙う。アルは慌ててその手を摑み揺さぶった。照準が定まらないので、ジラフは銃を撃てない。その間にキャットは操縦室の手前にある出入口のドアを開け、外へと飛び出した。

【おっ、おいっ！】

ジラフはアルの顔を左手で殴りつけたあと、慌てて立ち上がり、出入口に駆け寄って中途半端に開いたドアを閉めた。アルはそんなジラフの右手に飛びついた。銃さえ奪えたら、互角に戦える気がしたからだ。けれどジラフの方が力は強くて、再び押さえ込まれてしまった。

銃が至近距離で頭に近づいてくるのがわかり、アルは咄嗟に銃身を摑み、銃口へ指を突っ込んだ。この状態で撃てば暴発して、撃つ方にもダメージがある。それがわかっているのか、ジラフは忌々しそうに舌打ちした。

そしてアルの剝き出しの肩口にいきなり嚙みついてきた。

【うおおおっ】

肉を嚙み切る勢いの激しさに、アルは呻き声をあげた。狂犬を引き剝がすべく、左手でジラフの頭を殴る。殴れば殴るほど、肉に歯が食い込む。痛い。何とかジラフを離そうと、目出し帽ごと髪を摑み、引っ張った。

ズルリと目出し帽だけ抜ける。けど嚙まれたままなので、口許で引っかかった。自分の鼻先で揺れるジラフの髪の毛は、燃え立つような赤色。嚙まれる痛みに呻くアルの脳裏に「記憶操作」という言葉が過った。

アルはジラフの額に左手の人差し指を押しつけた。宗教、エンジェル、ハイジャック……ジラフが関係していそうな単語を思い浮かべる。途端、頭の中に極彩色の記憶がハイライトの猛スピードで流れ込んできた。

ジラフの本名は、エドワード・イングス。ワイオミングで両親に愛されて育った少年、エド。成績優秀でとても真面目、両親自慢の息子だった。大学を卒業して就職するも、真面目すぎて気難しい性格が災いして周囲に馴染(なじ)めず、会社を辞める。以後、職を転々としていくうちに、どんどんと自分に対する自信を失っていく。そしてピースフルハウスの教祖、エンジェルに出会う。坂を転がり落ちるように宗教にのめり込んでいくエド。僅かな蓄えも全て教団に寄付し、エンジェルと共同生活をはじめる。エンジェルに心酔し、そしてエンジェルに命じられるがまま、人を殺していく。

教団に疑問を持ち、足抜けしたがっていた会計係スー、エンジェルに意見し機嫌を損ねた中年男クレイブ、生け贄が必要だと言われてさらってきたプラチナブロンドの女の子、ピースフルハウスに勧誘したのに【頭がおかしいんじゃない】と言って笑った黒髪の女優、アシュレイ……。

教団に踏み込んでくる警察。幸せいっぱいだった世界が壊れていく。逮捕されるエンジェル。絶望に追いやられるエド……そしてハイジャックの計画。

アルは「宗教に関係することを全部忘れろ！」と念じた。……男の歯はぐいぐいと食い込み、痛みは増すばかりだ。効かない。五回に一度しか当たらない記憶操作だ。いや、五回念じれば一度は当たるはずで……。

『特定の記憶だけ消すっていうのは、割合と面倒なんだ』

キエフの言葉を思い出す。ひょっとして、宗教だけというのが駄目なんだろうか。それならもっと単純にして……アルは「エンジェルに出会ったあとの記憶は全部消えろ！」と強く念じた。

頭の中で、鮮やかな映像が竜巻のようにグルグル回ったかと思うと、ポップコーンが弾けるみたいにポンと消えた。暁の記憶操作をした時よりも、弾け方は大きかった。

上手くいった……のか？　と油断したその瞬間、ジラフに腕を振り払われた。銃口が額にグッと押しつけられる。

ジラフが鬼気迫る表情で詰め寄ってくる。

【お前は誰だっ】

【誰かと聞いてるんだ！】

銃口がグリグリと額を圧迫する。脳が弾ける場面を想像しながら【アルベルト・アーヴィング】と答えた。記憶操作は上手くいかなかったのだ。もう一度……と思って左手を伸ばすと、その手は乱暴に叩き落とされた。

【お前、どうして僕を……】

喋りながら、ジラフが眉を顰めた。

【僕……を、襲ったりしたんだ？】

ジラフは首を傾げると、己の右手を見て【うおっ】と叫んだ。手にしている拳銃をまじまじと見つめる。

【どうして僕は銃を持ってるんだ？　ここはいったいどこなんだよっ】

立ち上がったジラフは、周囲を見渡した。

【飛行機の……中か？　じゃあワイオミングに帰っている途中？】

ジラフは左手で頭を叩いた。

【わからない、思い出せない。どこへ行こうとしてたんだ？】

そして操縦室の扉の手前まで歩いていくと、すぐまたアルの傍まで引き返してきた。様子が変だ。

【頭がおかしくなったのか。飛行機に乗ったことを覚えてないなんて、記憶喪失？……けど両親や兄弟の名前、小学校、中学校、高校の時のことはちゃんと覚えてる】

……当たった。ロシアンルーレットの記憶操作が「当たった」のだ。アルは立ち上がると、ジラフに向かって右手を差し出した。

【その銃を僕に貸してくれ】

ジラフは躊躇うように視線を彷徨わせたあと【嫌だ】と拒み、銃を両手でしっかりと握り締めた。

【君は変だ。飛行機の中で真っ裸だし……気味が悪い】

【僕は裸だけど、今この飛行機は大変なことになっているんだ。ハイ……】

【おい、ジラフ】

アルの言葉を遮り、エコノミー席の方からドッグの声が聞こえてきた。

【さっきからいったい何を騒いでるんだ？】

エコノミークラスとの境にあるカーテンがジャッと引かれ、ドッグが姿を現した。アルに気づくと、ドッグはすぐさまジーンズのウエストに突っ込んでいた銃を抜き、照準をこちらに合わせてきた。アルは銃を持ったドッグとジラフに挟まれたのだ。

【おい、君っ！】

ジラフは怒りも露わにアルを指さした。

【君は僕に嘘をついたな！　アルベルトと言ったのに、本当はジラフって名前じゃないか！　僕から銃を奪ってどうするつもりだったんだ！】

すかさずドッグが【何言ってんだ！】と怒鳴った。

【ジラフはお前の呼び名じゃないか。その真っ裸の男はいったい何なんだ！　見たことない顔だぞ。それにどうして目出し帽をかぶってないんだ。面が割れるぞ！】

ジラフは【あんたこそ何だよ！】とドッグを睨みつけた。

【僕はジラフなんて名前じゃないし、裸男も知らない。それに目出し帽って何だよ。まるで銀行強盗みたいじゃないか】

【銀行強盗って……】

ドッグが「エンジェルに出会う前に戻った」ジラフの剣幕に押されている。これまでなら二対一の状況だけれど、ジラフがエンジェルを忘れてしまった今、一対一も同然だ。あとは銃さえあれば……。

アルはジラフの右手に飛びついた。貸してくれないなら、強引に借りるまでだ。ジラフが驚いて身を翻す。右手を追いかけているうちに、アルはバランスを崩してトイレの前の通路に倒れ込んだ。

バシュッと銃声が響いた。うつ伏せたアルの右頬から一インチ（約二・五センチ）の場所、絨毯に銃弾がめり込み、薄く煙が立っている。

【うわあああっ】

狙われたのはアルなのに、ジラフが大声をあげた。

【どっ、どっ、どうして撃つんだ！　彼は何も武器を持ってないだろう】

【あいつはお前の銃を奪おうとしたじゃないか！】

【だからって撃つことないだろ。死んだらどうするんだよ】

ドッグが躊躇っているその隙に、アルは前方へと走った。そこは出入口から入ってすぐのスペースで、前方に操縦室への出入口のドアと、その右手にカートを収納したギャレーがある。後方は通路を挟んで左手がトイレ、右手にもギャレーがあり、その奥がファーストクラスの座席になっていた。

ギャレーに逃げ込んだものの、ドッグに撃たれるのは時間の問題だ。

【おい、ジラフ。突っ立ってないでそいつを捕まえるのを手伝え！】

ドッグが怒鳴る。アルはザッと周囲を見渡した。何か防御できるものがないかと探すも、ブランケットや新聞しかない。その時、カートが目に入った。ギャレーの中に格納されている、飲み物などを配る時に押していく四角いアレだ。アルはカートに飛びつくと、ストッパーを外して引き出した。

【手伝えって言ってんだろ！】

ジラフの声は聞こえない。

【おい、どこ行くんだ！　戻ってこい！】

前方には来てないので、どうやらジラフは後方へ行ったようだ。普通の神経の持ち主なら、訳もわからないまま飛行機の中でいきなり銃撃戦に遭遇したら、現場からなるべく遠くへと逃げるだろう。

ドッグはジラフを追いかけるのをやめ、まずはアルから仕留めることに決めたらしく、こちらに近づいてくる。アルは縦に細長いカートの後ろに隠れたまま通路に出た。パンッと銃声がして、カートがビリビリ震える。渾身(こんしん)の力を込めて突き飛ばすと、カートはガタガタ音をたてながらドッグに襲いかかっていった。

【うおおおっ】

ドッグが驚いて後ずさる。しかもカートは道を塞ぎ、それを乗り越えないとこちらに来られない。この手は使える！　アルはギャレーに引き返し、もう一台カートを引っぱり出した。そして最初のカートを蹴り倒し乗り越えてきたドッグに向かって、二発目を発射した。

【こっ、こいつっ！】

二台目も乗り越えようとしたドッグに、アルは飲み物のペットボトルを投げつけた。

もとからコントロールはよくないし、ドッグも避けるので当たらない。当たらないけれど、攻撃も兼ねた防御はドッグの苛立ちを募らせたらしく、顔が次第に険悪になっていった。それが頂点に達したのは、アルがビールのプルタブを開けて投げた時だった。ビールのシャワーを頭から浴びて泡だらけになったドッグは【ふざけるなああああっ】と吠えた。

防御のカートは残り一台。ドッグはすぐそこまで来ている。アルがカートを通路に突き飛ばそうとすると、近くまで来ていたドッグに逆にカートを摑まれ、それごと引きずり倒された。

アルはカートに乗っかる形で通路に倒れ込む。うつ伏せたアルの後頭部に、ゴツゴツした硬いモノが押しあてられた。頰にピチャッとビールの雫が落ちる。

【……散々手ぇ焼かせやがって、このクソが。死ね！】

撃たれる……覚悟したその時だった。

【動くなっ！】

暁の声が聞こえた。まさかと思って視線を上げると、エコノミーとの仕切りのカーテンの前に暁が立っていた。驚くべきことに、その手には銃が握られている。ドッグの目が驚愕するように大きく見開かれた。

【動くと撃つぞ】

暁が声を張り上げる。ドッグは、アルに銃口をあてたまま背後に振り返るという不自然な形のまま動けない。

【おまえこそ銃を下ろせ。でないとこの男を撃つ】

ドッグはアルの後頭部に、痛みを感じるほど強く銃口を押しつけてきた。

【そいつを撃てばお前を撃ち殺す。死にたければ撃て】

暁の顔は青白く、銃を持つ手はこちらから見ていてもわかるほど細かく震えているのに、ドッグと互角に渡り合っている。

【……お前、その銃はどこから手に入れた】

ドッグの問いかけに、暁はフッと笑った。

【お前の仲間は改心した】

ジラフだ！　記憶操作でエンジェルや宗教の記憶が消えたジラフが、暁に銃を貸してくれたのだ。ドッグは忌々しそうにチッと舌打ちした。

助かるかもしれない。アルの胸に希望の火がともった。キャットは飛行機の外へ逃げ出し、宗教の記憶が消えたジラフは無害。残っているハイジャック犯はあと三人だ。そのうち二人は操縦室に入ったきり。客室で何がおこっているのか気づいていない筈はないと思うが、銃声がしても出てこなかった。

武器はお互い銃一丁だけ、人数では二対一と勝っている。ドッグは暁に気を取られて自分を見ていない。今ここで反撃に出れば、ドッグを押さえ込めるかも……。アルは暁にチラチラと目配せした。暁は瞳の動きだけで「駄目だ」とストップをかけてくる。

【そいつから銃を離せ】

暁の命令に、ドッグは顔を歪めた。

【離せと言っているだろう！　撃つぞ】

アルに銃口を向けている分、ドッグは分が悪い。人質を殺しても、己が殺されては割に合わない。ドッグは【ちきしょう】と唸り、アルの後頭部から銃口を逸らした。

【そのまま腕は上げるな……アル、立ち上がってこっちに歩いてこい】

【待て！】

ドッグが叫んだ。

【この飛行機に仕掛けてある爆弾を爆破するぞ！　そうなったら全員が吹っ飛んで終わりだ！】

暁の表情が一瞬にして強張った。

【嘘だ！】

アルは否定した。

【爆弾なんて仕掛けてない。こいつらの武器は、銃が四丁とナイフだけだ】

【うるさい、黙れっ！】

ドッグの上擦った声が、嘘を嘘だと証明する。暁はドッグが怯むほど強い視線で睨みつけると、アルに【こっちに来い】と声をかけた。

暁の銃口は、まっすぐドッグの頭を狙ったまま。一触即発の空気の中で、アルはドッグの隣を抜け、カートだらけの通路を暁のいる後方へと一歩踏みだした。

背後でカチャリと音がした。反射的に振り返る。操縦室のドアが開き、中から誰か出てきた。クロウだ。クロウはよもや仲間以外の人間が通路にいるとは思わなかったらしく【うおおっ】と声をあげると、アルに銃口を向けた。

【おっ、お前は誰だ！】

クロウが叫び、ドッグが座席に伏せたのが見えた。

【クロウ、その裸男を撃ち殺せ！】

アルが身構えたその瞬間、パァンと銃声が響いた。右肩で痛みが弾ける。撃たれた衝撃でよろめいたアルは、通路に転がっていたカートの上に背中から突っ込んだ。

「アルッ！」

暁の呼ぶ声が聞こえる。痛い、痛い、痛い……右肩から、せっかく分けてもらった血がドクドクと流れ出す。血が……もったいない。アルが左手で右肩を押さえて上半身を起こすと、最悪の状態になっていた。

座席の間にいるドッグと、通路に立ったクロウの二人は、自分ではなく仕切りのカーテンを狙っている。けれどそこに暁の姿はない。数歩下がってエコノミークラスとの仕切りである壁を楯にして体を隠し、暁はカーテンの僅かに開いた隙間から銃口だけ出して、二人を狙っている。

【ボスが「妙な音がする」と言うから来てみたら、何てザマだ】

クロウが吐き捨てる。暁を狙ったまま、ドッグがため息をついた。

【ジラフがおかしくなった。もとからイカれた男だったが、訳のわからんことを言い出した上に、乗客に銃を渡しやがった。後部座席にいるが、あいつはもう使えないと思った方がいい】

クロウは【なんてことだ！】と腹立たしげに息をついた。

【ジラフは後で俺が始末する。おそらく丸腰だから簡単だ】

ドッグはフッと鼻を鳴らした。

【問題はその裸男だ。どこから忍び込んだか知らんが、こちらの内情を知りすぎている】

このままじゃ頭か心臓を撃たれる……まるでアルの心を読んだかのように、頭上でカチリと音がした。

【その男を撃つなっ！】

暁の声に、クロウが顔を上げた。暁がカーテンの隙間から僅かに顔を出している。

【……銃を捨てろ】

クロウは暁に命令した。

【銃を俺たちに渡せば、この男はこれ以上、撃たずにいてやる】

暁の銃が、迷うみたいに震えている。それを見たクロウの、獲物を捕らえた猛獣の顔がニヤリと歪んだ。暁が銃を捨てても、この男は自分を撃つ。そして暁を殺す。確信した。

【銃を捨てないで！】

アルは叫んだ。

【僕は撃たれても大丈夫だから。死なないから！】

【何が死なないだ】

クロウが肩を震わせ、せせら笑った。

【お前は不死身か？　何なら今、試してやろうか】

アルを狙う銃口が、ゆらゆら揺れて暁を挑発している。

【……俺が銃を手放せば、本当にその男を撃たないのか】

【暁、だめっ！】

妥協しそうになった暁を止めようとすると、クロウに頭を蹴飛ばされて、アルは顔面をカートに打ちつけた。

【銃をお前たちに渡してもいい。ただし、その男を解放してからだ】

暁の提案を「問題外」とでも言いたげな素振りで、クロウが首を横に振る。

【この裸男を解放したところで、お前が銃を手放さなければ同じことだ。先に銃を渡せ！】

暁とクロウの間でやり取りが続く。暁はアルを解放するまでは絶対に銃は渡さない、お前たちのことは信用できないと言いきった。膠着(こうちゃく)状態の中、クロウが妥協案を提示してきた。

【男を返してやる。そのかわりそいつが通路に倒れてる三つ目のカートを越えたら、お前もこちらに銃を放ってよこせ】

三つ目のカートから暁のいるカーテンまでは、二フィート（約六十一センチ）も離れていない。暁が銃を投げると同時に飛び込めば、撃たれずにすむかもしれない。だけどそのあとは？　暁には何も武器がなくなる。あの二人に攻め込まれて、殺されるんじゃないだろうか。

【ゆっくり歩いていけ！】

クロウに怪我をした右肩を押され、アルは「アウッ」と声をあげた。傷のズクンズクンとした痛みが強くなる。向こうに行かない方がいい。自分が向こうに行ったら、暁が銃を渡さないといけなくなる。そうなるともう戦えない。自分がこれ以上怪我をせず、暁も銃を渡さずにいられる状況にできないだろうか。どうにかして……。

迷いは足許にあらわれて、アルは時間を忘れた亀のようにゆっくりと歩いた。二つ目のカートを越えて三つ目にさしかかろうとしたところで、暁が楯にしている壁から少しだけ身を乗り出した。背後でカチリと微かな音がする。その瞬間、悟った。犯人が狙ったのは、銃と自分の交換じゃない。交換条件を持ち出すことで、壁の向こうに隠れている暁が油断して出てくるのを待っていたのだ。

両手を広げて楯になり、アルはその場から暁のいるカーテンまで通路をダイブした。パンッパンッパンッと三発の銃声が弾け、右足に焼けつくみたいな痛みが走る。

暁の膝に縋りつく形でアルは倒れ込んだ。勢いがありすぎて、暁がアルの巻き添えを食らって仰向けに倒れる。その衝撃で、暁の手から拳銃が離れ、通路の後方へと勢いよく飛んだ。機内の中央にあるギャレーの辺りまで転がっていく。あれがないと奴らと戦えない。アルが片足を引きずって拾いに行こうとすると、今度は左足で痛みが弾け、膝がガクリと折れる。……両足を撃たれた。自分の下にいる暁だけでも逃がそうと体を起こしたアルは、頭に押しつけられた硬いもので全てを悟った。拳銃も飛んでいって、自分も撃たれた。もう駄目だ。咄嗟に暁の頭と胸をかき抱いた。

「アル、離せっ」

何があっても離さない。絶対に暁は死なせない。手足が千切れても、どんな姿になっても絶対に死なせない。頭と心臓を守ったら……きっと生きていられる。

【手間をかけさせやがって】

クロウの声が、アルを震わせる。怖い、怖い、怖い。暁が殺されるのが怖い。暁は一人しかいないのだ。心臓が止まったら、頭が壊れたら、かわりはいない。世界中のどこを探したっていない。

「離せと言っているだろうがっ」

腕の中で、暁が暴れた。

「いや」

「アル！」

「ぜったい　いや」

こんなに守っても、暁は死ぬかもしれない。穴だらけでボロボロになった自分を引き剝がしても、こいつらは暁を撃つかもしれない。そんなの嫌だ。誰か助けて……助けて……暁だけでも助けて……アルは暁の頭をぎゅうぎゅうに抱き締めた。撃たれた右肩が痛んでも、気にならなかった。

もし自分が本物の吸血鬼だったら、そうでなくてももう少し力があったなら、撃たれてもキエフみたいにすぐ元に戻る体を持っていたら、暁をこんな危険な目に遭わせずにすんだんじゃないだろうか。きっとそうだ。キエフは何度も【血を吸ってみないかい】

と言っていたのに。

【おい、ドッグ。通路の奥にこいつの持っていた拳銃が飛んでいってる。拾ってこい】

ドッグは【オッケー】と応え、タッ、タッ、タッと軽い足取りでアルたちを飛び越えた。と同時に振り返り【そいつら、通路で撃たない方がいいぞ】とクロウに忠告した。

【歩く時、死体が邪魔になる】

【それもそうだな】

クロウも相槌を打ち【お前ら、横の座席に行け】と命令してきた。だけど立ち上がったら、暁が銃口にさらされてしまう。

【嫌だ】

アルは拒絶した。

【おい、立てって言ってんだろ!】

撃たれた右足を蹴られて、アルは【ウギャッ】と叫んだ。腕の中の暁が震える。怒ったらニュースペーパーや本で人のことをポンポン殴る暁が、震えている。

「アル、俺を庇(かば)わなくていい。だから……」

【ごちゃごちゃと外国語で喋ってないで、サッサと動け!】

痛みと緊迫感のみなぎる空間に【おい、ないぞ】というドッグの、間延びした声が響いた。

【そいつの持っていた拳銃、どこにもないぞ】

ドッグは通路に屈み込み、座席の下を覗き込んでいる。

【中央のギャレーあたりに転がっていったぞ】

クロウは動かないアルが腹立たしいのか、今度は左足を蹴ってきた。痛みで体が震え、目尻に涙が浮かんでくる。

【おい、こいつを蹴るんじゃない。俺が……】

アルは右手で暁の口を塞いだ。いつ殺されてもおかしくない。なるべくクロウを刺激したくない。それでも暁が何か言おうとしたので、アルは咄嗟に口の中に手を突っ込んだ。ガチッと嚙まれて「いたっ」と叫ぶと暁の顎からスッと力が抜けた。

【……面倒だな、もうここで殺るか。後で座席の方に寄せときゃいいだろ】

クロウが呟き、銃を構える。アルは暁を抱きかかえたまま目を閉じた。もし暁が死んでしまうなら、自分も一緒に死にたい。殺してほしい。

パンパンッと銃声が二発、響いた。

【うおおおおっ】

雄牛に似た呻き声に、ドンッと何か落ちたような鈍い音。今のは何だ？　アルがゆっくり後ろを見ると、クロウが仰向けに倒れていた。右手からはおびただしい血が流れ出している。いやそこだけじゃない、左足の太股（ふともも）も赤黒く染まっていた。クロウが撃たれている。どうして？　何がおこっているのかわからない。

【そいつの銃を拾って隠れろ！】

離れた場所から、声が聞こえた。それが誰かを確かめる前に、アルは自分の目の前に転がるクロウの拳銃に手を伸ばした。届かない。膝を動かすと下肢に激痛が走った。両足と右肩を撃ち抜かれている。体を起こせるはずがなかった。

届かないアルのかわりに、銃を掴む手があった。暁だ。アルの体の下から抜け出して銃を握り締め、アルの左肩を掴んでその体を座席の間に引きずり込んだ。

パン、パン、パンと銃撃戦の音がする。近いけど、遠い。中央のギャレーと、そこから五席ほど前方にある座席との間で、撃ち合っている。座席にいるのはドッグで、ギャレーにいるのはジラフだ。

カチッ、カチッとジラフの銃が空撃ちをはじめた。弾が切れたらしい。ドッグは座席から通路に飛び出し、ギャレーへ向かっていく。ジラフを完全に仕留めようとしているのだ。

暁が椅子に隠れたまま、銃を撃った。弾は遥か上に逸れて、飛行機の天井にめり込む。それでもドッグへの抑止力としては十分だった。ジラフを追いかけていたドッグが慌てて踵を返し、拳銃を暁の方に向けた。二つの銃口が向かい合う。

暁は動かなかったけれど、ドッグはこちらを向いたまま、ゆっくりと飛行機の前方へ後ずさっていく。途中で倒れているクロウを担ぎ上げ、こちらに背中を見せたままファーストクラスの席、カーテンの向こうへ飛び込んでいった。

【おい、大丈夫か】

ジラフがアルと暁が隠れた座席に駆け寄ってきた。

【アルが足と腕を撃たれた】

血だらけになったアルを見て、ジラフは【こりゃ酷い】と呟いた。

【ひとまず彼をギャレーに連れていこう。あそこはここより広いし、隠れやすい】

ジラフが提案する。アルは二人に抱えられて、中央にあるギャレーへと運び込まれた。大人二人が横に並んでようやく寝られる程度の広さしかないが、座席や通路よりも遥かにマシだった。

【君に銃を渡してから、ずっと前方の様子が気になってたんだ】

興奮しているのか、ジラフは大げさな手振りをまじえながら話した。

【人質のみんなは助けが来るまでおとなしくしてろって言ってたけど、僕はじっとしてられなくてね。隠れて様子を見に行ったら、君たちが襲われてた。助けなきゃ、どうしようって思ってたら、僕の隠れてるギャレーの傍まで拳銃が飛んできた。まさに神の采配だったね】

記憶操作で頭の中からエンジェルのことが綺麗（きれい）さっぱりなくなったジラフは、自分自身がハイジャック犯だったことも忘れ、正義感を胸にかつての仲間たちと戦っている。

【君、奴らはあと何人だ？】

俺も詳しいことは……と言いかけた暁のかわりに、アルが【三人】と答えた。

【俺が手と足を撃った奴と、黒人の奴、あともう一人いるんだな】

ジラフに確認され、アルはコクリと頷いた。

【そいつがボスで、操縦室の中にいる】

【よし！】

ジラフが浅く頷いた。

【僕が手足を撃った男は、怪我をしているし銃も持ってないから、戦力外だ。きっともう使いものにならない。ひょっとして操縦室に人質がいるのか？】

【機長がいる】

【それならボスって奴は操縦室を離れられないな。あのドッグって呼ばれていた黒人の男さえどうにかすれば大丈夫だ】

ジラフは暁に【君の銃には弾がある？】と聞いてきた。

【残ってはいるが……】

微妙に言い淀む暁にジラフは【僕に貸してくれ】と右手を差し出した。

【銃撃戦をするつもりか、危険だ】

暁が止めると、ジラフは【武器を使わなくても、話し合いでわかってくれる相手ならいいんだけどそうじゃなさそうだし】と肩を竦めた。

【むこうも怪我人を抱えている。こちらも無理をせず、様子を見た方がいいんじゃないか】

【大丈夫だよ。無茶はしないから】

ジラフは暁から拳銃を取り上げ【君らはここに隠れていなよ】と言い残して通路に出ていった。その後ろ姿は、喜んで危険に立ち向かっていっているような、どこか刹那的な匂いがした。暁は気になるのかしばらく通路に出ていたが、そのうち諦めたのかギャレーへと引き返してきた。そしてアルの撃ち抜かれた両足と右肩をじっと見つめ、自分の方が怪我をして、痛がってるみたいな顔をした。

「ぼく　だいじょうぶ　きゅうけつき」

暁がもっと辛そうな顔になる気がして、正直に痛いと言えなかった。そのかわり、アルはしゃがみこんだ暁の膝にしがみついた。

ガタガタと物音がして、何かと思って顔を上げると暁がギャレーのカートを止めてあるストッパーをはずし、そのうちの一つを引き出していた。中からミネラルウオーターを取り出してがぶ飲みをはじめる。

酷く喉が渇いていたらしい。暁は口の端から滴る水を乱暴に拭い、左腕のシャツの袖をまくり上げた。肘の内側には、自分に血を飲ませるため、割れた瓶で刺した傷がある。暁がそこを爪で引っ掻くと、せっかく止まっていた血が再び滲んだ。

甘い甘い血の匂い。傷つけられた腕が、アルの顔に近づけられる。

「少し飲め」

アルは首を横に振る。そうすると肩が動いて撃たれた右肩がズキズキと痛んだ。さっき暁が水を飲んでいたのは、自分に吸われて足りなくなった水分を補給しようとしていたからだ。そんな状況で……飲めるわけがなかった。トイレに閉じこもった時も、顔が真っ青になって倒れるぐらい血をもらった。これ以上飲んだら、間違いなく暁は死んでしまう。

「いい」

「遠慮するな。俺が死なない程度に、加減しながら飲め」

「いらない」

アルは暁の膝にしがみついた。

「いいから飲め」

どんなに拒絶しても、血の匂いに本能が反応する。滴り落ちる血をもったいないと思った瞬間、無意識に暁の腕に吸いついていた。甘美なものが喉を潤したのも一瞬。アルは強い意志の力で離れた。

「いらない」

「子供みたいに駄々を捏ねるな」

ダダなんて言葉は知らなくても、怒られているのはわかる。怒られても、叩かれても、アルはこれ以上、暁を弱らせたくなかった。顔の傍に血を近づけられると無意識に吸いついてしまうので、アルは暁の膝に顔を強く押しつけた。

それなのに後頭部の髪を掴まれ、猫の子でも摘むように頭を引き上げられた。腕を顔に近づけられる。アルは自由になる左手をついて少しでも血の滴る腕から体を離そうと抵抗した。人に吸血を強要する男の顔は、血の気が引いて今の時点でもう真っ青。まるで病人だ。

どうしてここまでしてくれるんだろう。それは自分が中途半端な吸血鬼だから？　怪我をしているから？　それとも暁は蝙蝠が大好きだから……あぁ、そんなこともうどうだっていい。

アルは暁に体をすり寄せてキスした。乾いた唇を意識した瞬間、突き飛ばされて勢いよくカートに右肩をぶつけ「アウッチ！」と声をあげながらギャレーの床に転がった。

暁は「すっ、すまない」と謝ると、抱き起こそうとしたのかアルの上に覆い被さってきた。

アルはそんな暁の背に左手を回して、強く引き寄せた。暁が崩れるように重なってくる。右肩が痛いのを我慢しながら、もう一度キスした。離れたがる頭を左手と痛む右手で押さえて、キスを繰り返す。

その柔らかい唇の奥から、甘美な匂いが漂ってきた。キスをしながら、暁が口を大きく開いたのがわかる。滑る温かな場所から、誘い出すみたいに溢れてくる血。暁はどこか、口の中を自分で傷つけたのだ。

駄目だと思って顔を離そうとすると、逆に頭を押さえつけられた。駄目だ、駄目だとわかっているのに、次第にアルは愛情と食欲が満たされるキスに夢中になっていった。小さくパンと銃声が聞こえた気もしたけど、それも行為をやめるきっかけにはならなかった。

「んっ……」

小さく暁の鼻が鳴る。その時【やったぞ!】とジラフがギャレーに飛び込んできた。自分たちを見て、ジラフがハッと息を呑むのがわかる。暁はゆっくりと体を起こし、口許を拭った。ジラフはぎこちなく視線を逸らす。

【もう一人の男も仕留めた。足を撃ったから、もうろくに動けない。拳銃も奪い、両手も縛ってある。残る犯人は操縦室の一人だけになった。そいつをおびき出すのに、人手が欲しい。一緒に来てくれ】

暁は【わかった】と頷いて立ち上がった。ふらりと体が揺れて、ギャレーの壁に背中

をぶつける。

【おい、大丈夫か?】

ジラフに気遣われた暁は【問題ない。気が抜けていただけだ】と応え、しっかりと立った。アルには「ここでおとなしくしてろ」と言いつける。

「あきら　ひんけつ」

「俺は大丈夫だ……死にそうか、死にそうでないか、それぐらいの判断はつく」

「けど……」

アルの心配を、生きる、死ぬの大雑把な括りで纏めた暁は、ジラフと共にギャレーを出ていった。二人で協力して操縦室のボスを捕まえるつもりらしいが、立ち上がるだけでふらついているのに、大丈夫なのかと気になって仕方ない。

アルはうつ伏せになって左腕だけでギャレーの床を這い、通路を覗き込んだ。

【おい、こいつの手当てをした方がいいんじゃないのか】

暁が飛行機の中ほど、アルのいるギャレーとファーストクラスとのちょうど中間あたりの通路で立ち止まり、座席を指さした。横に三つ椅子が並んだその端から、人の靴が覗いている。

【撃ったのは両足の、それも膝から下だ。大丈夫だろう。本当は撃ったまま放っておこうと思ってたけど、操縦席に近いファーストクラスで騒がれたら鬱陶しいから、ここま

で引っぱり出してきたんだ。椅子に寝かせてやってるだけでもありがたいと思ってほしいね】

ジラフはなかなか手厳しい。

【かなり出血が酷い。長く放っておいて、万が一命に……】

暁の言葉をジラフが遮った。

【こいつよりも、あなたの恋人の怪我の方が酷い。それにこうしている間も、機長の命が危険にさらされているんだ。僕は人を殺そうとする犯人よりも、罪のない機長を助けたい。そのためには、あなたの協力が必要なんだ】

暁は迷っている風だったが、強い言葉に引きずられるようにジラフについて歩いていった。アルは左腕と両方の膝を使って、通路に這い出した。座席から見えている足に近づくにつれ、いい匂いがする。あと四、五フィート（百二十〜百五十センチ前後）まで近づいたところで、ううっ……と苦しげな呻き声が聞こえた。靴の先が細かく震えている。

アルは震えている足を摑み、苦しむ男を椅子から引きずり下ろした。

【うわああっ】

男が叫び声をあげながら、ドッと床に転がり落ちる。下に落ちたことで、誰なのかわかった。やっぱりドッグだ。ドッグはアルと同じで、両下肢を撃たれている。ジラフは射撃の腕がいいのかもしれない。

【たっ、助けてくれっ】

アルに気づくと、殺されると思ったのか懇願してきた。泣きそうな顔で命乞いする男は、自分をいたぶったあの極悪な犯人と同一人物だとはとても思えない。

撃ち抜かれたドッグの足は動かしたことが刺激になったのか、傷口から新たな血が溢れてきている。アルは周囲に何かないだろうかと見渡した。ドッグがいた後ろの座席に、薄いストールが落ちている。手を伸ばしてそれをたぐり寄せ、心の中で持ち主に「ごめんなさい」と一言謝ってから、口と左手で引っ張って二つに裂いた。

何をされるかわからないといった表情で怯えるドッグの右足を押さえ、傷口に口をあてて思い切り吸い上げた。

【ひいいいっ】

ドッグの悲鳴と共に銃弾が取れる。口を離してそれを吐き出すと、銃弾にせき止められていた血が傷口からドッと溢れてくる。アルは慌てて口をつけ、溢れる血をチュウチュウと少しだけ吸い上げてから、引き裂いたストールで右足を縛った。

少しだけだったのに、ドッグの生血で肩の傷が癒えたのか、撃たれた痛みが打ち身程度に軽くなり、力が入るようになる。

左足も同じやり方で銃弾を吸い出した。一滴でも血が無駄になるのが惜しくて、アルは銃弾を口の中に入れたまま、溢れる血をチュウチュウと吸い出した。今度は両足の痛みが薄れてくる。体の修復がどんどん進んでいる。ご遺体からいただく血よりも、生血は少量で効きが速い。

【ひっ、人の血を吸ってんじゃねえよっ！】

うっかり吸いすぎて、ドッグに気づかれてしまった。

【きっ、気持ち悪い。俺に触るんじゃねえっ】

ドッグの声を無視して、銃弾を吸い上げた後の傷口を残っていたストールで丁寧に縛った。手当てを終えたあと、試しに立ち上がってみた。足も腕も痛くない。治ったのだ。

ドッグがそんなアルをゾンビでも見るみたいな目で凝視している。アルはドッグに覆い被さり、その額に指先で触れて「ハイジャックのことを忘れろ」と心の中で念じた。

【お前は何なんだよっ。のっ、乗っかってくんじゃねえ！】

駄目だ。ジラフの時のように、映像が頭の中に浮かんでこない。それならと「エンジエルに会った時からのことを全て忘れろ！」と前に成功した手を使ってみたけれどやっぱり消える気配がない。

【俺から離れろ、このゲイ野郎っ！】

ドッグが暴れて、アルに頭突きした。痛くてムカッと腹が立つ。

【おとなしくしろっ！　本気で尻に突っ込むぞ！】

怒鳴った途端、ドッグは猫みたいにおとなしくなった。アルは手当てをした男をもう一度座席の上に引き上げてから、操縦席へと向かった。怪我は治った。自分は二人と一緒に戦える。

ファーストクラスの席を抜けて前方のギャレーへ行くと、操縦室のドアの前に暁とジラフが立っていた。

【やっぱり駄目か】

拳銃を手にしたまま、ジラフがぼやいた。

【流石に客室の様子がおかしいと、気づきはじめているな】

暁が相槌を打つ。近づいてきたアルに最初に気づいたのはジラフで、目を大きく見開き【うわっ】とその場で飛び上がった。

【きっ、君、大丈夫なのかい】

ジラフの声に、暁が振り返る。「アルッ！」と大きな声をあげ、駆け寄ってきた。

「お前、怪我はどうしたんだ！」

「なおった」

暁は「治ったって、いったいどうやって」と呆気にとられた顔をしている。

「ドッグのけが　ぼく　てあてした　おれいもらった」

「ちょっと待て」

暁が額を押さえる。

「ドッグっていうのは、両足を打ち抜かれた黒人のハイジャック犯だろう。手当ての礼にお前に血をやるってそいつが言ったのか？」

「ううん　かってに　もらった」

暁に斜め横から頭をパンッとはたかれた。

「あきら　いたい！」

「お前、怪我人の血を勝手に吸ったのか！」

その通りだが、アルは慌てて首を横に振った。

「ち　すこし　ドッグだいじょうぶ　ぼくに　ずつき　した」

ドッグに頭突きされたのがよかったのか、暁は「ハーッ」とため息をついた。

【話をしている途中に何だけど、君は服を着た方がいいと思うよ。どうして全裸なのか、最初から気にはなってたんだけど】

ジラフがアルを指さしてくる。指摘されて改めて、アルは自分が全裸だと思い出した。人間に戻ってからはずっと裸だったが、飛行機の中が適温で暑くも寒くもない上に、銃撃戦で暁が殺されそうになったり、自分が怪我をしたりと緊張する時間が続き、裸であることをすっかり忘れていた。

【服はないんだ】

【服がないなんておかしいよ。裸では飛行機に乗れないだろう。奴らに奪われたのかい？】

……搭乗時は蝙蝠だったので、厳密にいえば裸で飛行機に乗ったことになるが、それを説明することもできない。

【理由はともあれ、せめて下だけでも隠さないか。その……僕はゲイじゃないけど、やっぱり気になるから】

【僕もゲイじゃないよ】

ジラフはアルと暁を交互に見て【まぁ、そういうことならそれでもいいか】と歯切れが悪いながらも納得してくれた。

何か下半身を隠すものがないかと、アルは周囲を見渡した。ファーストクラスの一番前の座席に、フライトアテンダントの制服がある。ジラフからエンジェルの記憶がなくなる前、キャットに着ろと強要していたアレだ。飛行機から飛び降りたキャット。あの後どうなったんだろうと気になりつつそれを着てみる。シャツは小さすぎて腕も通らず、スカートも腰が入らない。

荷物棚を開けて乗客の手荷物を探れば、着替えを持ち込んでいる人の一人や二人いるかもしれないが……非常事態とは言え、自分さえ我慢すればやり過ごせる状況で、人の荷物を探るのも躊躇われる。どうしようと周囲を見渡していたアルは、いいものを見つけた。これなら何とか前は隠せるので、とりあえずそれを身につけた。暁はフッと鼻を鳴らし、ジラフは……なぜか前以上にこちらを見なくなった。

プッと音がして、スピーカーからジーッと微かなノイズが聞こえてくる。アルは反射的に天井のスピーカーを見上げていた。

『クロウ、ドッグ……誰でもいい。今すぐ操縦室に来い！』

機内放送から流れてきたボスの声は上擦っていた。もしかしたら銃声が操縦室まで聞こえたのかもしれない。聞こえてなくても、部下たちが誰も操縦室の様子を見に来ないので、心配しているんだろう。

ボスが焦れて、一人で操縦室を出てきたらチャンスだ。しばらく待つも、放送は一度きりだった。ボスに動きはない。

【仲間の誰かに外へ出てくるよう声をかけさせて、ボスをおびき出したらどうだろう】

アルの言葉にジラフと暁が振り返った。二人はアルと同じ事を考えてクロウをギャレーにある通話機の傍まで連れてきたが、一瞬の隙をついて近くのトイレに飛び込まれてしまったとのことだった。怪我をしたクロウの姿が見えないと思ったら、そういうことだったらしい。

あともう一人、ドッグが残っている。ドッグは両足を撃ち抜かれてまともに歩けないから、逃げられない。ジラフはさっそくドッグを引きずってきて、操縦室との通話機がある壁際に座らせた。目出し帽を取られたドッグは大きな目を潤ませ、厚い唇をワナワナと震わせている。

【ジラフ……お前、いったいどうしちゃったんだよ……】

ドッグは今の状況が信じられないといった表情で、かつての仲間を見上げる。

【僕はジラフなんて名前じゃないし、ハイジャック犯の知り合いもいない。……いいか、僕の言う通りに喋るんだ。そうしないと頭をぶち抜くからな】

ジラフはドッグの側頭部に銃を押しつける。脅しなのだが、ドッグは氷の上に座らせられたみたいにブルブルと震えた。アルが見た過去だとジラフはおとなしい男だったので、ドッグに見せる今の冷酷な表情は、ピースフルハウス時代に培われたものかもしれない。

【きっ、緊急事態です。ボス、外に出てきてもらえませんか】

通話機を手にしたドッグは震えながら操縦室に連絡を取った。

『お前ら、今まで何をしてたんだ！』

通話機から漏れるボスらしき声が、怒気を孕んでいる。

【乗客が暴れて、厄介なことになってしまって……】

ドッグの額には玉のような汗が吹き出している。

『俺はここを出るわけにはいかない。それはお前もわかってるだろう。今説明しろ』

【それは無理です。でっ、出てきてください。お願いします】

『駄目だ！』

ボスは操縦室に来いの一点張りで頑(かたく)なだ。……いや、もしかしたらこのまずい状況に薄々気づいているのかもしれない。銃で脅されているのに、ボスはなかなか言うことを聞いてくれない。なすすべもなく沈黙したドッグに苛立ったのか、ボスは一方的に通信を切った。

計画が失敗したと確定した途端、ジラフはドッグから通話機を奪い取り【ちきしょう】と悪態をつきながら壁に叩きつけた。……けっこう激しい。

【……こうなったら操縦室に突撃するしかないか】

ジラフの目が、ギラギラと光りだす。

【それはやめた方がいい。中にいる男がヤケになって機長に危害を加えるかもしれない】

暁が止めても【いや、このままだと機長の体力が消耗していくばかりだ】とジラフは譲らない。

アルは悶々(もんもん)と考えていたが、あることに気づいた。

【犯人はあともう一人なんだよね】

アルの発言に、暁とジラフが振り向いた。

【この際プロに、警察にお願いしたらどうだろう】

【そうしたいが、スマホや外と通信できる機器はあいつらに取り上げられて、どこにあるかわからない】

暁にそう言われ悩んだ末に、アルはキャットの着ていたフライトアテンダントの制服、水色のシャツに字を書くことを思いついた。太いペンがなくて探していると、暁がマーサの鞄から口紅を持ってきてくれた。お洒落(しゃれ)なマーサの口紅は真っ赤だ。

ジラフが【これはどうやって操作すればいいんだ?】と首を傾げながら、何とか昇降口のドアを開けてくれる。大きく開かれたドアの向こうは夜だったが、周囲は煌々(こうこう)と灯(あか)りがついている。

暁はシャツを手に持ち、開いたドアの前に立った。

『犯人はあと一人、操縦室にいるだけ。乗客は全員無事』

赤い文字のメッセージが書かれたシャツは、風にパタパタと音をたてて翻った。

飛行機の出入口に昇降用のタラップをつけると目立ってボスに気づかれるかもしれないと判断したらしく、SWATらしき警察官は出入口にかけたロープでスルスルと登ってきた。アルと暁、ジラフの三人はドッグを引き渡し、クロウがトイレにいることを伝え、後はプロに任せてエコノミークラスの一番後ろまで下がった。

救出に来た五人のＳＷＡＴのうち若そうな男が、エコノミークラスの後方にある非常脱出口へとやってきて、脱出用のゴム製の滑り台を準備した。そう、ボスの捕縛と並行して人質の救出をするのだ。当然といえば当然かもしれないが、その手際のよさにアルはただただ感心していた。

人質が次々と滑り降りて、保護される。脱出を手助けしてくれていたＳＷＡＴは、最後に残ったアルを見て怪訝な顔をした。無理はない。エプロンの上から暁に借りた上着を着て、腰から下はブランケットを巻きつけただけ。しかも顔を隠すためにキャットのサングラスをかけている。果てしなく怪しい。……自分は乗客名簿にはない存在だ。こういう注目される事件に顔が出るのだけは避けたかったので、至し方なかった。

【ズボンはどうしたんですか？】

……ＳＷＡＴはそこを見逃してくれなかった。

【自分に合う服がなかなかなくて。上着は知り合いに借りたんですけど】

ＳＷＡＴは首を傾げた。

【合う服がないって、搭乗する時には着ていたんですよね？】

飛行機に乗った時は蝙蝠、厳密に言えば裸だったのだが、そうとも言えない。アルは機内で裸になりそうな言い訳を必死に考えた。

子供にジュースを零されたとか。けどそうなると最初の人質解放の前になるから、何時間も経った今では乾いてそうだ。

そういえば、ジラフにも裸だったことを指摘された。ジラフは自分と暁のキスシーンを見て、ゲイだと思い込んでいたけれど……。

アルはふと思いついてしまった。

【僕のこと、ハンサムでかっこいいと思いますか?】

サングラスを外し、アルはSWATに聞いてみた。この非常事態に何を言ってるんだ、こいつは? とでも言いたげな渋い顔のまま【まあ、お顔は整っていると思いますが】とSWATは乾いた声で答えてくれる。

【犯人は五人組で、そのうちの一人に目をつけられたんです。そいつは僕の顔が好みだと言って、無理矢理……】

アルは唇を噛み、告白する苦しみに耐えかねる素振りで首を横に振った。SWATの顔が、サッと青ざめる。

【まさか……】

【僕は嫌だと言ったのに……服も破かれてしまって】

SWATは【なんてことだ!】と片手で額を押さえた。

【もう大丈夫です。卑劣な犯人は絶対に我々が捕まえます】

アルは泣いている振りで目尻をそっと押さえる。SWATはアルの肩を優しく抱いてくれた。

【……下に降りたら、すぐに医師の診察を受けてください。君の受けた暴力についても、奴らは罰を受けなくてはいけない。気を強く持って。あんな奴らに負けてはいけない】

力いっぱい励まされて、アルは脱出を許された。犯人に乱暴されたことにしてしまったが、自分が訴え出なければ証拠もない。犯人に己が犯した以上の罪が加算されることはないはずだった。

緊急脱出時の滑り台の滑り方は、以前飛行機に乗った時に動画で見た。両手を伸ばして前に突き出し、腰で滑るのだ。だけど自分は下にブランケットを巻きつけただけなので、下手をしたら滑っているうちに捲れ上がってしまうかもしれない。そうなったら下半身が丸見えだ。それが嫌で、アルは恥ずかしがりの女の子みたいに前を押さえて滑り台に乗った。

……これが間違いで、滑り出すと同時に体が斜めになった。足を閉じていたので、バランスが取れなかったのだ。ブランケットが外れ、それを摑もうと両手を上げると、上着が大きく捲れ上がってつるりと脱げた。

生肌にテキサスの冷たい空気が触れる気配があった。アルは滑り台の下で脱出の補助をしていたSWATに腕を支えられ、滑走路に立った。……サングラス、裸の体にエプロン一枚という姿で。

その時、最後の人質をあざ笑うかのように大きな風が吹いた。エプロンの裾がふわりと捲れ上がり、アルは慌てて股間を押さえた。バチバチバチッとカメラのフラッシュが目に眩しい。

人質の救護班だろうか、中年男性がブランケットを抱えて走ってきて、アルの体にかけてくれたおかげで、ようやく全裸に近い状態から解放された。

周囲にいたカメラマンの囁き声が耳に入ってくる。

【おい、最後の人質ってエプロンだけだったよな】

【ああ、裸にエプロンだった。……男だけど】

【あれってフライトアテンダントが着けるやつだろう。どうしてあの人質だけ服を着てなかったんだ？】

アルは俯いたまま、救護班の男に空港職員の控え室のような一室へ連れていかれた。そこには暁とジラフ、そして人質だった数人がいて、白衣の男に診察を受けていた。

【どうして僕が捕まらないといけないんですか！】

ジラフは大声で、自分の前に立つ黒人の大柄な中年警察官に食ってかかっていた。

【お前がハイジャックの容疑者のうちの一人だからだ、エドワード・イングス】

黒人の警察官は淡々と告げる。ジラフは右手で自らの胸を押さえた。

【確かに僕はエドワード・イングスだ。だけどエンジェルなんて教祖も、ピースフルハ

ウスという宗教も知らない。記憶に曖昧な部分があったとしても、僕は人質解放、犯人逮捕に協力したんだ。ハイジャックなんて馬鹿馬鹿しい！】

黒人の警察官は面倒になったのか、ジラフの両手に有無を言わさず手錠をかけ、外へと連れていった。記憶を消し去ってしまってからのジラフは、狂気の片鱗(へんりん)こそ見え隠れしていたものの頼もしい仲間になっていたので、心中は複雑だった。ただジラフが今回の善行でも補えないほどの罪を犯したのもまた事実なんだろう。【僕は宗教なんか興味ない！】悲鳴のようなジラフの声が、扉を閉めた後も聞こえてきていた。

暁がこちらに近づいてくる。そしてアルの耳許に「あの男の記憶を操作したのか？」と聞いてきた。正直にコクリと頷く。暁はハアッとため息をついてからアルの腕を摑み「この部屋を出ていけ」と耳打ちした。

「全員が事情聴取、メディカルチェックを受けている。お前は搭乗員名簿に名前がない。メディカルチェックなんてもっての他だ。何でもいいから理由をつけてここを出て、トイレかどこかに隠れていろ」

アルは「わかった」と返事をした。ブランケットを巻きつけたまま、職員に断って廊下に出る。近くのトイレだとすぐに捜し出されそうで、明かりの消えた廊下へ向かい、人気(ひとけ)のないトイレを見つけてそこに入った。

個室が三つの小さなトイレだ。職員に借りたサンダルのまま個室に入って鍵をかけ、蓋をした便座の上に座りこんだ。このまま朝になれば、蝙蝠になる。正確な時間はわからないが、夜明けまでさほど待たなくてもいいはずだ。遠くで、救急車の音が聞こえる。どんどん近づいてくる。怪我人でもいるのだろうか。人質は全員、無事に解放されたはずでは……いや、まだ操縦室に機長とボスが残っている。ハイジャックは終わっていない。とはいえボス以外の仲間が全て捕まり、ＳＷＡＴに取り囲まれた状態だ。ボスが自暴自棄になって銃を乱射するなんてことさえなければ、機長も無事に救出されるだろう。

脱出の時の姿を思い出してしまい、途端にアルは憂鬱になった。ズボンのかわりにブランケットを腰に巻いている時点でかなりおかしかったのに、エプロンだけになるなんて最高に恥ずかしい。写真も沢山撮られた。自分のあの姿がネットニュースやテレビで晒されませんようにと願うばかりだ。もし可能であれば、自分のあの写真を撮ったカメラマン全員のデータを消去させたい。そんなこと、到底無理だけれども……。

トイレの中で悶々としていたアルの耳が、こちらに近づいてくる足音を捉えた。最初は小さかったそれがどんどん大きくなる。空港の夜間見回りの警備員かもしれない。行き過ぎるだろうと思っていたら、トイレの中まで入ってきた。

見つかったらどうしようと焦ったアルの鼻先に、血の匂いが過る。足音はアルが隠れている個室の前でピタリと止まった。

「あきら？」

そっと名前を呼んでみる。

【僕だよ、アル】

慌ててドアを開ける。そこにはキエフが立っていた。

【人質の救護室に行ったら、アキラに頼まれたんだ。アルがどこかに隠れているはずだから、服を着せて、連れて帰ってやってくれってね】

ハイジャックされた飛行機が着陸した空港で、しかも真夜中。関係者以外は立ち入りできない筈なので、キエフは職員の誰かの記憶を操作して忍び込んだに違いなかった。

はいこれ、と服を差し出される。

【僕のだけど、体型は同じぐらいだし大丈夫だろう】

アルはキエフから受け取った服をその場で着た。下着とジーンズ、革の上着はどれもサイズがぴったりだけど、細身タイプで少々窮屈だ。自分が普段着ている服はもっと楽なものが多い。

【そう、犯人は主犯格の男も含めて全員捕まったよ。怪我をしたのも犯人だけで、乗客は全員無事。よかったね】

アルがトイレにこもって悶々としている間に、事件は解決したのだ。ようやく誰にも注目されない姿になったアルは、キエフに帽子を手渡された。

【髪と顔を隠すんだ。飛行機から脱出する際のパフォーマンスは凄かったからね。僕も

思わずテレビ画面に釘付けになった。きっとみんな、君が誰かを知りたがっている】

【テレビ画面？】

アルは首を傾げた。

【ハイジャックの経過は、生中継されていたんだ】

雷にうたれたような衝撃を受けた。フラッシュがたかれ、写真を撮られたのはわかっていたけれど、生中継されていたなんて知らなかった。あんな、あんな恥ずかしい姿が全米中に垂れ流されたのかと思うと、羞恥で全身が焼け焦げそうだ。

【サングラスをしていたから、はっきりとした顔の造作はわからなかったとはいえ、人質の裸エプロンは衝撃だったよ】

【わっ、わざとじゃない！】

【そうなの？　犯人から解放された喜びを表現した、一世一代のジョークかと思って見てたんだが】

【違うよ、あれは仕方なかったんだ】

必死になって否定するアルを、キエフは【はい、はい】と軽く受け流して【そろそろ行くよ】とトイレを出ていった。

廊下は暗いものの自分とキエフは夜目が利くので、戸惑うことなくスイスイと歩ける。

【アキラが言っていたけど、乗客は全員、メディカルチェックと警察の聞き取り調査が

あるそうだね】

アルはキエフの隣を歩きながら、コクリと頷いた。

【両方が終わったら、今晩は空港会社が用意したホテルに泊まって、明日はＬＡ、もしくはシカゴ行きの飛行機に優先的に乗せてもらえるらしい】

けど……とキエフは言葉を切った。

【もしかしたらアキラは今晩、入院するかもしれない】

アルは驚いて足を止めた。

【入院って、どうして！】

胸許に摑みかかったアルに驚いて、キエフは両手を上げた。

【僕が救護室を訪ねていってすぐだったかな、アキラのメディカルチェックがあったんだ。腕に傷もあったし、酷い貧血ってことで救急車を呼ばれていた】

トイレの中にいた時に聞こえた救急車のサイレン。あれは暁のために呼ばれたものだったのだ。アルが駆け出そうとすると、キエフに腕を摑まれた。

【どこに行くの？】

【どこって、病院に……】

【君が行ったって仕方ないだろう。何もできないんだから】

キエフの言っていることは正しい。正しすぎて、胸がチクリと痛む。

【何かできるとかできないとか、そういう問題じゃない！】

【腕の傷は小さいのに酷い貧血って話だったから、君が血を吸ったんじゃないの？　一晩ぐらいゆっくり休ませてあげたらどうなんだい】

アルが黙り込むと、キエフは【ほらね】と小さく息をついた。

【だから僕は言っただろう。君が中途半端でいることが、アキラの迷惑になるって】

【けど……】

【けど、なんて子供の理屈で言い逃れしようとしても駄目だ。今日は僕の手配したホテルで休むんだよ】

アルはキエフと共に裏口から外に出た。表はビデオカメラを手にした報道陣でいっぱいだったからだ。キエフは駐車場から車を出すと、空港からほど近いモーテルに入った。アルは緑色のスプレッドのかかったベッドに腰掛けて、テレビをつけた。……ハイジャックの特集番組をやっている。

人質の家族らしき老婆がモニターの前で涙ながらに【おお、神様……どうか息子をお助けください】と訴えている。事件経過のダイジェスト版らしく、次の瞬間には飛行機から降りてきた男性と抱き合う老婆の姿が映し出されていた。その後でキャットが飛行機から飛び降りたシーンもあった。キャットは両足が変な形にねじ曲がり、逮捕されると同時に担架で運び出されていった。ほんの数時間前までハイジャックの現場にいたのが何だか信じられない。逃げたり、撃たれたり、駆け引きがあったりと目まぐるしかった。

【君もどうぞ】

キエフがシャワーから出てくる。アルも入れ替わりにバスルームへ入った。汗はかかなくても、湯を浴びることで埃っぽい体がサッパリする。排水口に吸い込まれていく水を見ながら、病院に運び込まれた暁のことを考えた。

普段は乱暴なのに、こちらが怪我をした時だけ過剰に優しい。アルは自分の肩を鏡で見た。撃ち抜かれたはずのそこに、傷は一切残ってない。両足も何事もなかったかのように動く。犯人の血で治した。自分の体は不自由だけど、ある意味便利だ。

アルがバスルームを出ると、キエフはバスローブ姿でベッドの上に座り、煙草（たばこ）を吸っていた。テレビでは乗客が救出用の滑り台から降りてくる場面が放送されている。思わずギョッとした。緊急脱出口に、自分が現れたからだ。サングラスにジャケット、そして腰に巻いたブランケット。我ながら怪しさ全開だ。

滑り降りてくる自分から、するするとブランケットと上着が脱げていく。前こそエプロンでセーフだったものの、剥き出しの尻がチラリと見えた。深刻な場面のはずなのに、ここだけやらせなんじゃないかと疑ってしまいたくなる間抜けさがある。そして最後の突風。画面の中の自分は、あっという叫びが聞こえてきそうな大口を開けてエプロンの前を押さえていた。

キエフがハハッと声をあげて笑う。

【これ、何度見ても最高だね】

周囲を見回しても、リモコンがない。アルはテレビに近づいて電源を直接切った。

【せっかく人が見てるのに、酷いなあ】

キエフは怒った風もなく文句を言う。アルは裸のままベッドに潜り込んでシーツを頭からかぶった。するとその上から優しくポンポンと背中を叩かれた。

【明日の朝になったら、暁のいる病院まで連れていってあげるよ】

柔らかいキエフの声に、やさぐれていた心が少しだけほぐれた。からかってくるけれど、自分に服を持ってきて、空港から連れ出し、ホテルに匿ってくれている。……普通に考えても、キエフは親切なのだ。

【キエフはどうしてテキサスにいるの？】

シーツから顔を出して聞いてみる。キエフは【あのね】と腰に手をあて、ため息をついた。

【ハイジャックされた飛行機に君らが乗っているのを知って、慌てて駆けつけたに決まってるだろう。とはいっても、僕が空港に着いたのは乗客が解放される少し前だったけどね。ハイジャック機がテキサスの空港に降りたったと聞いて、急いでテキサス行きのチケットを手配しようとしたんだが、空港は閉鎖されて便は欠航になるし、なかなかルートがない。仕方がないから一番近くにある空港の便を探したけど、考えることはみんな同じでなかなか空きがない。交渉して何とか乗せてもらって、近くの空港からレンタカーでここへ来たんだよ】

心配し、そして駆けつけてくれたのだ。

【ありがとう……ごめん】

礼を言うと、キエフは【大したことはしてないよ】と笑った。

【ただ今回のことで君も身に染みてわかったんじゃないかな。自分がどういった存在なのかをね】

耳が痛い。アルは聞かなかった振りでシーツに顔を押しつける。すると背中にドッとのしかかってこられた。

【キエフ、重たい……】

冷たい指先が、アルの頭を軽く押さえつける。首筋にひやりと、唇に似た感触が触れた。

【……血を吸わせて】

アルはゴクリと唾を飲み込んだ。キエフはまるで飴(あめ)でもしゃぶるように、アルの首筋をぺろりと舐(な)める。

【何百年も生きてきたけど、君みたいな中途半端な同族の血を吸うのは初めての体験だ。久々に興奮してる。……心配しないで。後で僕の血を吸わせてあげるから】

【ちょっと待って】

振り返ると、キエフの犬歯がグワッと大きく伸び出すのが見えた。アルは慌てて仰向けになり、キエフの肩を押さえて自分から引き剝がした。

【やっ、やめろよ！】

キエフは獲物を見つけた獣を真似（まね）て、カチカチと犬歯を鳴らす。

【今日は嫌だって】

拒否すると、キエフは笑いながら体を起こした。乱れた前髪を掻き上げているうちに、犬歯がスッと引っ込んで元に戻る。

【まるでセックスが初めての女の子みたいな反応だね。何が嫌なんだい？　吸われても痛くはないんだし、少し味見をさせてよ。それに後で僕の血を吸えば完全な吸血鬼になれるんだからちょうどいいだろう】

【だって、本物になったら暁の傍にいられなくなる】

キエフは笑いを浮かべていた表情をフッと引き締めた。

【君は中途半端でないとアキラの傍にいられないと言うけど、本当にそうなのかな】

アルは【えっ？】と首を傾げた。

【だから、アキラは君がそういう中途半端な体でないと、受け入れてくれないのかってことだよ】

言っている言葉の意味がわからない。するとキエフは目を細め、寂しそうに笑った。

【馬鹿な子だね、アル。中途半端な体でないと愛してもらえないというのは、自分への言い訳だ。アキラが本気で君を愛しているなら、中途半端な体だろうが、本物の吸血鬼だろうがきっと気にしないよ】

口答えしたいのに、できない。キエフは間違ったことを言ってないからだ。

【君はアキラに愛されている自信がないだけなんだよ、アル】

そうかもしれない。いや、きっとそうだ。

【けどっ】

アルは声を絞り出した。

【ほっ、本当に愛されてなくても、中途半端な体だったら捨てられない】

気にかけてくれる存在だったキエフがいなくなり、生きる目的も見いだせないまま流離(さすら)った日々。死にたいのに死ねない地獄。一人きりで寂しかった、悲しかった。そのうち感情も錆(さ)びついて、空腹を癒すためだけに血を舐め、眠った。夢も希望もなかった。

そんな生活が日本に行って一変した。頭を叩かれ、暴言を吐かれても、自分を認められたのは嬉しかった。一緒にいると安心できた。新しい友達が沢山できた。暁の傍で生

活するのは楽しい。とても楽しかった。

【人を愛するのに、気持ち以外のものを引き合いに出しちゃ駄目なんだよ。そのままの自分で愛されなかったら、みんな諦めるんだ。泣きながらね。アル、君が特別なわけじゃない。……世の恋が全て成就するなら、あんなに沢山失恋の歌はできないよ】

【けど僕は人間じゃない！　暁だけが僕を理解してくれたんだ】

真剣なのに、キエフは笑った。

【それも君の思い込みだよ。世界には数えきれないほどの人がいる。君のことを理解してくれる人が、本当にアキラだけだって断言できるかい？】

思考の退路を塞がれ、追いつめられていく。アルはキエフから視線を逸らし、両手で頭を抱えた。胸がギリギリと締め付けられるようだ。痛い。

【僕は君を苛めたいわけじゃない。事実を話しているだけだ】

キエフは隣のベッドに戻った。アルはうつ伏せになったまま、早く日本に帰りたいと思った。一日でも早く帰りたい。日本へ帰ってしまえば、何もかも元通りになる。暁の家で生活して、昼間は蝙蝠になり、みんなと一緒にあの控え室で過ごすのだ。ずっと……。

眠りの訪れない冴えた頭で寝返りを打つ。

【……アル、君は一人に慣れた方がいいのかもしれないね】

ぽつりと呟いたキエフの言葉を、アルは聞いていない振りで無視した。

救出された夜、暁は病院へ搬送されて輸血をし、そのまま一泊した。マーサとリチャード、ヘンリーは最初の人質解放で飛行機を降ろされていたので、先に事情聴取とメディカルチェックは終わっていた。

マーサは暁が病院に入院したと知り、泣き出したと聞いた。大怪我をしたと思ったのだ。貧血だと知っても、ここに残って暁に付き添うと言い張っていたようだが【アルがもうすぐ来るから】と暁が必死に宥(なだ)めたらしい。マーサも恋人のアルが来るとわかると幾分落ち着いたらしく、リチャードと共に朝一の便でＬＡに向かった。帰りが一日遅れたことで、リチャードの仕事のスケジュールが大変なことになってしまっていたからだ。

一泊の入院で退院できることになった暁の事情聴取は朝早くからはじまり、その間、アルはキエフと共に空港のロビーで待っていた。終わったらＬＡ行きの飛行機に乗るために。

テレビでは昨日のハイジャック事件が繰り返し報道されている。空港の大型テレビの前で、足を止める人も多い。エンジェルの顔写真もたびたび出てくる。職員だろう制服の女性が【昨日は本当、人がすごかったのよ。流石に今日はそれほどでもないけど】と大声で喋りながら歩いている。

ハイジャック機は留まっているものの、空港は半分ほど通常業務へと戻っていた。今日も報道陣らしきスタッフや警察はウロウロしているが、空港を使う乗客も多い。

【ハイジャックはセンセーショナルだったけど、乗客に怪我人、死人がいなくて犯人も全員逮捕されたせいかな、大団円すぎてインパクトはなかったね】

肩に乗っているアルに向かって、キエフはクールな意見を述べてくる。

【人は忘れる生き物だ。どんな大事件も、一週間もすれば記憶が薄れてしまう。それは吸血鬼も大差ないな。僕も忘れていくばかりだ】

キエフはどこか遠い目で、ざわついているロビーを見ていた。暁は犯人逮捕に関わっていたせいで聴取に時間がかかり、昼前にやっと終わった。アルが忽然と消えたため、あの裸エプロンの男が何者なのかと、しつこく聞かれたらしい。ようやく空港ロビーまでやってきた暁は、すぐさまＬＡ行きの座席を二席確保した。

自分は蝙蝠の姿だし、チケットは一人分でいい。なぜ二席確保するのだろうと首を傾げていたら、チケットの一枚を暁はキエフに渡した。キエフもＬＡに行くのだ。自分を暁に引き渡すためだけにキエフは空港に残ってくれているのだとばかり思っていた。

どうして一緒についてくるのと聞きたくても、蝙蝠の姿だとろくに話もできない。疑問を胸に、二人と一匹でＬＡ行きの飛行機に乗り込む。この空港からＬＡまでは約三時間半。日暮れまでには向こうへ着けそうだ。

エコノミークラスの席の中ほどに、キエフと暁は並んで座った。昨日のハイジャック事件の影響だろう、今日の手荷物検査はとても厳しかった。すごく時間はかかっていたが、飛行機が出発したのはほぼ定刻通りだった。

昨日の夜、キエフにあれこれ言われてしまったせいで、自分が必要以上にナーバスになっている自覚がある。蝙蝠なら嫌がられないのをいいことに、バスケットを抜け出して暁の肩に登り、ぴたりとくっつく。腹に感じる暁の体温に安心する。そうやって暁を堪能していると、何の前置きもなくキエフにビリッと引き剝がされた。握り締めて【よしよし】と頭を撫でてくる。暁は可愛がられていると思ったのだろう、チラリとこちらを見たものの、取り返してはくれなかった。

【アキラ、君は蝙蝠が好きなの？】

座席に深く凭れかかっていた暁は、面倒くさそうに【ああ】と頷いた。輸血をして貧血は改善されているはずだが、暁は疲れた表情のままだ。昨日の今日だし、仕方ないのかもしれない。

【蝙蝠になるからアルが好きなのかい？】

暁の眉が不機嫌そうに動いた。

【それとこれとは関係ない。俺はもとから蝙蝠が好きなんだ】

キエフは大げさに瞬きした。

【蝙蝠が好きだなんて、変わってるね】

【犬が好きな人間もいれば、猫が好きな人間もいる。俺はそれがたまたま蝙蝠だっただけだ】

暁の主張は揺るぎない。キエフは暁の顔の前にわざとアルを突き出した。

【蝙蝠のどこがそんなに好きなんだい？】

【可愛いからだ】

即答だった。自分が可愛いと言われているようで、頬が少し熱くなる。照れ臭い。

【世間一般的に見て、蝙蝠はそれほど可愛いって類の動物ではないと思うんだけど】

キエフの裏切り発言に、アルは思わず振り返っていた。

【人が可愛くなくても、俺が可愛ければそれでいいんだ】

アルが身じろぎすると、キエフは手を離してくれた。アルは蝙蝠好きの暁の肩に飛び乗って、その首筋にスンスンと鼻先を押しつけて甘えた。

【蝙蝠は犬猫と違って目にする機会も少ないだろう】

暁はスッと目を閉じた。

【俺が通っていた小学校の裏には洞窟があって、そこに沢山いた】

【そうなんだね。こう言っては何だけど、大群の蝙蝠ってあまり気持ちのいいものじゃ

ないから……】

【少し静かにしろ。休みたい】

一言でキエフの口を封じて、暁はフッと鼻で息をした。暁の通っていた小学校の裏に洞窟があってよかった。洞窟があったから蝙蝠がいて、それで蝙蝠好きになったのなら。眠る主人に誘われて、アルも目を閉じる。暁の肩にしがみついて眠る甘えん坊の蝙蝠を、キエフが哀れみの眼差しで見ていることには気づかなかった。

飛行機の小窓から見るLAの空は、モノクロでも夕暮れだとはっきりわかった。

到着機で混雑していて、着陸まで少々待たされる。ようやく到着し、乗客が降りはじめたのはもう暗くなる直前。暁はまずいと思ったのだろう、預けた荷物の受け取りをキエフに頼んで、到着ゲートを抜けると同時にトイレに駆け込んでくれた。

着替えの入った袋を個室のドアの内側のフックにかけ、アルを水洗タンクの上に置くと、暁は個室を出ていった。飛行機の中にいた時に日が落ちなくてよかった……とアルがタンクの上で一息ついていると【あっ、そこは……】と暁の叫び声が聞こえ、ドアが開いた。

上半身にピタピタのTシャツを着た、二十代ぐらいで背の高い、明るい髪色の男が個室に入ってくる。アルが内鍵をかけられないので、誰もいないと思ったのだろう。男は水洗タンクの上にいる蝙蝠に気づくと、右手で【シッ、シッ】と追い払う素振りを見せた。動かずにいたら【ウオッ】と大きな声を出して両手を上げ、威嚇してきた。驚いてパタパタと飛び上がり、天井の灯りの端にぶら下がる。相手が悪かった。個室の場所を変えた方がよさそうだ。

【その、すまないが……】

背の高い男に暁が声をかける。男は振り返って、暁を頭から足の先まで不躾に眺めてから、フッと鼻先で笑った。

【悪いがあんたは趣味じゃない。俺は綺麗系よりマッチョが好みなんだ】

暁の頬がヒクリと強張る。

【誤解があるようだから言っておくが、俺は男をナンパする趣味はない。内側に荷物をかけたまま忘れてたんだ。取らせてくれ】

背の高い男はドアフックの袋を取り、暁に向かって投げつけてから個室にこもった。暁はチッと舌打ちすると、背の高い男から一つ間を置いた個室に入り、アルを手招きした。

暁の手のひらに乗ったその時が限界、日没だった。アルの体はみるみる変化をはじめた。手足がぐんと伸びて、毛が皮膚の中に吸い込まれていく。こうなると個室を出ていくこともできず、暁はドアを背に立ち、アルが人になる様を無表情に見ていた。

一分もしないうちに、アルは完全な人間の姿になった。

「俺は先に出るからな」

そう言って暁が個室の内鍵に手をかけたところで、子供の声が聞こえた。

【ママー、ここのおトイレ、足が四本あるよー】

ドアの下にある隙間から見えてしまったのだ。暁の手が止まる。

【そんなわけないでしょ。おトイレは一人で入るものよ】

母親は外で待っているのか、声が遠い。暁は迷うそぶりを見せながらも、結局個室を出た。素早くドアを閉めていたが、隙間からチラリと、赤毛の五、六歳ぐらいの男の子が見えた。

【ママー、やっぱりおじさんが二人でおトイレに入ってたー】

それを聞いた直後、母親が【ポール、今すぐ外に出てらっしゃい!】と大声で怒鳴った。

【だって、おしっこもれちゃう】

男の子はぐずっている。

【いいから早く!】

男の子はいなくなったのか、ドアが閉まる音と同時に辺りは静かになった。トイレで男同士がいかがわしいことをしていると勘違いした母親が、子供にとって不適切だと判断したのかもしれないが……悲しい誤解だ。

アルはいそいそと長袖のTシャツとジーンズに着替えて、個室を出た。すると先ほどの、アルを追い出した背の高いピタピタTシャツの男が、壁に凭れて立っていた。ねっとりとこちらに絡みつく視線がどうにも気になる。

【いい体、してんね】

離れた場所から声をかけてくる。アルは【どうも】と短く返した。

【あんたの相手は、黒髪のアジア系か？】

すぐ暁のことだとわかった。どう答えたものかと迷うも、否定するとナンパされそうだったので【そうなんだ】と肯定した。

【あんな精力のなさそうな細いのよりも、俺の方が何倍もアッチは強いぜ】

背の高い男が親指で己を指さす。自分も頭のいい方ではないけれど、この男も何となく頭が悪そうだ。口に出しては言えないが……。

【僕らはラブラブだからごめんね。じゃあ】

アルは背の高い男の粘っこい視線を逃れて、トイレを出た。するとドアを出てすぐ横にある壁際に暁がいて、腕組みをしたまま立っていた。

「あきら　まった？」

返事もしてくれず、顎を軽くしゃくっただけで先に歩いていく。機嫌が悪い。子供の母親に誤解されたのがそんなにショックだったんだろうか？

早足の暁を追いかけているうちに、出口が見えてきた。キエフはその傍にいて、暁の荷物を足許に置いている。

【待たせて悪かった】

暁が声をかけると、キエフは【どういたしまして】とニコリと微笑んだ。荷物を受け取った暁は、首を傾げる。

【お前の荷物はそれだけか？】

【そうだよ】

キエフが手にしているのは、ブリーフケースほどの大きさの鞄が一つだけ。らしいといえば、キエフらしかった。

【荷物が重いのは苦手でね】

【そういえばお前は今晩、どこに泊まるんだ？】

暁の問いかけに、キエフはおどけた表情で肩を竦めた。

【LAには知り合いも多いんだ。声をかけたら泊めてくれる女の子の一人や二人はすぐに見つかるから大丈夫だよ】

女の子ですぐに泊めてくれるというのは……まぁ推測するまでもなく、大人の関係なんだろう。

【あっ、あのおじさんだ】

甲高い子供の声がロビーに響く。

【おトイレに二人で入っていたの、あそこにいる黒い髪と、茶色の髪のおじさんだよ】

こちらを指さしていたのは、さっきの赤毛の男の子だ。周囲の視線が自分たちに集中する。母親は【黙りなさい！】と子供を叱りつけ、引きずりながらその場を離れていった。確かに二人でトイレには入った。入ったが……居たたまれない空気の中、アルと暁は足早に空港のロビーを出た。暁はトイレ以降あまり機嫌がよくなかったのに輪をかけて不機嫌になり、この世の面白くないことを全て集めたような渋い顔でタクシーに乗り込んだ。

キエフは別のタクシーに乗って行ってしまった。別れ際に【またね】とウインクしていたので、自分たちがLAに滞在している間に、会いに来るのかもしれない。

暁が話をしてくれないので、アルは車の窓から外を眺めた。吸血鬼になっても憧れの地、ロサンゼルスはキラキラと夜を彩るネオンしか見えなかった。

そういえば、トイレで人間に戻ってからバタバタして、キエフにどうしてLAに来たのか聞き損ねてしまった。暁がキエフの飛行機のチケットを用意していたので、暁はキエフの目的を聞いているのかもしれないが。

二十分ほど走ると、パームツリーが道沿いに並ぶ賑(にぎ)やかな通りを抜けて、車は閑静な住宅街に入った。どの家も柵と門が立派で、その奥にある住居も大豪邸だ。ここがかの有名なビバリーヒルズではないかという予感に、アルは胸がわくわくした。

ある白い門の前で、タクシーは止まった。クリーム色の石を高く積み重ねた塀に、ランプ型の大きくてアンティークな外灯。繊細な細工が施されながらも、どっしりとした存在感を放つ鉄の門。暁が車を降りたので、アルも慌てて後に続いた。

門は音もなくスムーズに内側へと開いた。そこから一歩中に入った途端、目前の景色に圧倒された。門から百ヤード（約九十一メートル）ほど先に、青い屋根にクリーム色の外壁をした、まるでお城のような豪邸が現れたからだ。アルの実家を二十軒、いやそれ以上合わせたぐらいの大きさがある。こんなに立派な個人宅を、メディアに取り上げられる有名人の自宅以外で見たことがない。

大理石が敷き詰められた白い道を、ゆっくりと家に向かって歩いていく。家の周囲には、塀のものと同じアンティークな形のライトが設置され、とても明るい。庭や豪邸の周囲には所狭しと色とりどりの花が植えられて、手入れもよくされている。

「ここ　だれのいえ？」

振り返った暁が、呆れた調子でハーッとため息をついた。

「ディックの自宅に決まっているだろう」

有名プロデューサー、リチャード・カーライルのロサンゼルスの自宅がここなのだ。言われてみれば、セレブ……成功者にふさわしい豪華な建物だ。

暁は大理石の道を屋敷の玄関まで歩いた。低くて白い階段を上り、インターフォンを押す。すると細工を施されたこげ茶色の重厚なドアが、内側に大きく開いた。

【おかえり、アキラ。大丈夫だった?】

マーサが飛び出してきて、暁を抱き締める。暁もぐっと屈み込んで、マーサを抱き返す。マーサは暁の頬に何度かキスしたあと【ようこそ、LAへ】とアルに歩み寄り、固く抱擁した。

【マーサ、家の鍵を開ける時は、誰なのか確かめてからにしないと危ないじゃないか】

注意する暁に、マーサは【大丈夫よ】と微笑んだ。

【この前、ディックが屋敷のセキュリティを強化したの。登録してる人間以外は、猫の子一匹も入れないはずだって言ってたわ】

【俺は門から入ってきたぞ?】

【モニターカメラでアキラだとわかったから、その間だけセキュリティをオフにしたのよ。ここの設備にはヘンリーも一目置いているの】

ボディガードのプロが認めているということは凄いのかもしれないが、アルにはよくわからない。

【さぁ、入ってちょうだい。お腹は空いてない？】

【俺もアルも大丈夫だ】

自分に人間の食事は必要ないが、暁は昼過ぎから何も食べてない。気になってチラチラと暁を横目で窺うと「余計なことは口にするな」と言わんばかりのきつい目で睨まれて、アルは口を閉ざした。

招き入れられた屋敷は、外から見ても大きかったが中はもっと広かった。建物の外壁と同じで壁は淡いクリーム色、床は白い大理石。エントランスは天井が高く吹き抜けになっている。

シカゴにあった家はアメリカンアンティーク風で、こちらはリビングの一角がアジア風に纏められている。置かれてある家具はダークブラウンがベースで、ソファは蔓のようなものを編んだ素材を使い、その上に紫色の厚手の布地を張ってある。無造作に並べられているクッションも同色の紫か、鈍い黄緑色だ。

壁を飾るタペストリーは、蓮の花をモチーフに、朱色に似た赤とダークブラウン、それにゴールドが使われていて南国独特の色遣いだ。

壁際に置かれたバンブーのシェルフの上では香が焚かれ、エキゾチックな香りが辺りに漂い、アジアの高級リゾートホテルに来たのかと勘違いしそうになる。暁はソファに腰掛けると同時に、深く息をついていた。

「すごい　いえ」

アルが囁くと、暁はソファのすぐ脇に置かれた、はす芋に似た大きな葉っぱをもつ観葉植物を弄ぶように指先で弾いた。

「ここはディックの趣味が全開だからな。アメリカにいるのに、わざわざアジアのものを取り寄せてまで飾りたてなくてもと思うが……」

座っている暁は、この部屋の雰囲気に溶け込み馴染んでいる。黒い髪、黒い瞳だからというのもあるかもしれない。なぜだろう……アルはリチャードが暁のためにインテリアをアジア風に纏めたのではという気がしてきた。

アルは紫の長椅子、暁の隣に腰掛けた。向かいに一人がけのソファもあるけれど、リビングが広いから遠いのだ。暁は「向かいに行け」とは言わなかったが、鬱陶しそうに目を細めた。

【はい、どうぞ】

暁が夕食をいらないと言ったので、かわりにマーサはリビングに三人分のコーヒーをいれて持ってきた。暁は【ありがとう】と言って手に取ったが、一口しか飲まない。申し訳ないので、アルも形ばかりカップに口をつける。

【こうしていると、昨日のことが嘘のようだわ】

マーサはコーヒーに添えられたクッキーを口に運んだ。

【昨日の今頃は、犯人に脅されて飛行機の後部座席で震えていたのよ。殺されてしまうかもしれないと覚悟していたのに、翌日の夜にはこうやってのんびりコーヒーを飲んでいるなんて、人生ってジェットコースターみたいね】

暁も【そうだな】と頷いている。

【こちらに帰ってきても、屋敷の塀の周りを記者が取り囲んでいて、お昼過ぎまで大変だったのよ。ディックがスタジオに行ったら、みんなそっちについて行っちゃったから静かになったのよね】

マーサは頬に手をあてる。

【すごく怖かったけど、ハイジャックなんて二度と体験することはないと思ったら、あの時間は貴重だったのかしら？】

暁が苦笑いする。

【貴重も何も、ああいう経験は一生しなくていいんだ……そういえば、ディックはスタジオからまだ帰ってきてないようだな】

【ええ。ハイジャックのせいでこちらに戻るのが遅くなって、仕事が大忙しらしいの。今晩はスタジオに泊まるんじゃないかしら】

【ディックがいないなら、ヘンリーもいないか。じゃあマーサ一人……】

ガチャリと玄関の方から物音がして、暁が振り返る。

【他に使用人がいるのか?】

ああ、あれはね……というマーサの喋りに、カツカツと大理石を響かせる足音が重なり、近づいてくる。二十代後半かと思われる背の高い男が姿を現す。髪も目も黒く、眉は太くて彫りが深い。肌の色は浅黒いが、黒人、白人、アジア系と色々な人種が絶妙にブレンドされた、個性的で独特の雰囲気を醸し出していた。姿勢もいい。一目見て役者かな? とアルは思った。

【ただいま、マーサ】

男は微笑みながらリビングに入ってきた。

【おかえり、スタン】

マーサはソファから立ち上がった。

【紹介するわね、アキラ。あなた、スタンに会うのは初めてでしょう。夏からうちで働いているスタンリー・グリフィス。ハウスキーパーも週に三回来てくれるけどとても手が回らないから、家のことを色々と手伝ってくれてるの】

スタンと呼ばれたその男は【簡単に言えば、マーサの弟子の家政夫だね】とおどけた調子で肩を竦めると、暁に歩み寄って右手を差し出してきた。

【はじめまして、アキラ】

暁も立ち上がり【はじめまして】と右手を差し出す。握手をしたあと、スタンはまじまじと暁の顔を覗き込んだ。

【リチャードとマーサに君の話はよく聞いてるよ。日本にいる大事な息子だってね】

スタンの視線が、暁の隣に座っている自分に向けられるのがわかった。名乗った方がいいだろうと口を開きかけたところで、先にマーサが紹介してくれた。

【スタン、そちらの彼はアキラの恋人のアルよ】

【マーサ！】

たまりかねたのか暁が口を挟んだ。

【何度も言っているが、俺とアルはそういう関係じゃない】

否定する暁を、マーサは下手な言い訳をする子供に対する慈悲深い目で見つめた。

【スタンの前だからって、恥ずかしがらなくてもいいじゃない。そう、部屋は同じでよかったのよね】

暁は不機嫌な表情で黙り込んだ。

【アキラ、気にしないで】

スタンが右手で胸を押さえた。

【僕も愛する人の性別は問わないんだ。ＬＡはゲイカップルがとても多い。この近くにも何組か住んでるよ。養子をもらって子育てをしている人もいて、よく三人で散歩しているのを見かけるんだ】

【俺はこいつと家族計画をたてるつもりはない！】

暁に指差され、アルは反射的に姿勢を正した。スタンは戸惑いの滲む表情で苦笑いする。

【そういう人がいるというだけで、勧めているわけじゃないから。ゲイカップルでも、養子をもらわない人もいるし】

アメリカに来てからずっとカップルだと誤解されっぱなしで、しかも初対面の人間ですらこの調子なので、苛立つ暁の気持ちはわからないでもない。ただこの状態だと雰気が悪いままになりそうで、話題を変えようとアルは身を乗り出した。

【スタンはここに住み込みで働いてるの？】

【そうだよ】

とても優秀なハウスキーパーなの、とマーサはスタンを見上げる。マーサの隣の一人がけのソファにスタンは腰を下ろした。

【実は僕、俳優を目指してLAに来たんだ。けど演じる方の才能がなくてね。リチャードにはもう少し頑張ってみないかと言われたんだが、歳も歳だし、華やかな世界も性に合わない。それよりも料理をしたり、掃除をしたりと家のことをしている方が好きだったから、雇ってもらったんだ】

元役者をプライベートである自分の家に入れるなんて、リチャードはスタンをとても気に入っているんだろう。

【僕も料理をするよ】

アルがそう言うと、スタンは【へぇ、君も?】と意外そうな顔をした。

【暁の食べるものしか作らないけど。あと掃除や洗濯なんかもしてて……】

ミシリとソファの軋む音がして振り向くと、暁が立ち上がっていた。

【疲れてるから、先に休む】

マーサが【そう?】と残念そうに暁を見上げる。するとスタンが【僕が部屋まで案内しようか】と腰を浮かしかけた。

【……いや、いい】

断り、暁はマーサを見た。

【前と同じ部屋を使っていいか?】

【そう言うと思って、掃除をしておいたわ。あそこはアキラのお気に入りだものね】

【ありがとう……じゃおやすみ】

暁は屈み込んでマーサにキスをし、リビングを出てエントランスの脇まで戻った。黙々と階段を上る。アルも二人に断り、慌てて後についていった。

豪邸というのは隅々まで豪華だ。二階の廊下は床に緋色(ひいろ)の絨毯が敷かれ、壁は腰の高さまであるダークブラウンの寄せ木で飾られている。所々に置かれたコンソールテーブルには、仏像の頭や、流木の不思議なオブジェが飾られていた。

二階の一番南側にある部屋に暁は入った。部屋の中はリビングに負けず劣らずアジア風だ。植物の細い蔓を編み込んだ自然素材のキングサイズのベッド、ソファセット、そして同素材のテーブルセットに本棚。それらがバランスよく納まっている。シカゴで寝起きしていた部屋よりは小さいけれど、必要なものがいい具合に配置されていて、とても居心地がよさそうだ。

部屋の右端に置かれた照明は籠をひっくり返したような形で、隙間から柔らかい光が淡く漏れ出してきている。

お香を焚いていたのか、甘い匂いが部屋中に薄く満ちている。暁は荷物をソファの傍に置き、ベッドの上に飛び乗った。仰向けのままため息をつく。

ベッドにかけられているシーツは茶色で、枕は真っ白。スプレッドは白と茶色のツートンカラーで、素材はシルクなのか、薄暗い中でも柔らかく品のある光沢を放っている。

アルも暁の反対側からモソモソとベッドに上がり、うつ伏せの状態で顔を横に向けた。暁は両手で目許を押さえ、口許は相変わらず不機嫌そうな形に引き結ばれたままだ。

機嫌が悪いことに加えて、疲れているのも本当なんだろう。アルは手を伸ばして暁の黒髪に触れた。こちらに来ている間、まともにとかしていないのか、暁の柔らかい髪の毛は鳥の巣みたいにクシャクシャになっている。

触れられたことに気づいたのか暁は手をどけてこちらを見た。けれどすぐさま目を閉じ手で蓋をする。触れられてもいいのか、それとも鬱陶しいけど無視すると決めたのかわからないが、文句は言われなかった。

「あきら　よるのごはん　たべてない」

「……いらん」

アルの心配を暁は短く突き放す。

「おなか　へる」

「いらんと言ってるだろう。静かにしてろ！」

怒られて、アルはしゅんと目を伏せた。髪にも触れづらくなる。それでも食べていないのは気になる。アルは意を決してベッドを下り、部屋の外に出た。リビングに戻ってみるも、すでにマーサやスタンの姿はない。キッチンに行きたいのに、家が広すぎてどこに何があるのかわからない。ドアを開けてみたらゲストルームだったり、フィットネスルームだったりする。

フィットネスルームの向こうに、硝子窓(ガラス)で仕切られた室内プールが見えた。ザッパーンと水音が聞こえて、人の気配にその奥へと足を踏み入れる。

プールではスタンが全裸で泳いでいた。この家には、リチャードが帰ってこなければスタンとマーサだけだというし、マーサは水泳をするタイプじゃない。一人きりなら、別に隠す必要もないのだろう。

声をかけたら、スタンが気まずい思いをするかなと躊躇っているうちに、スタンの方がアルに気づいた。

【アルじゃないか、どうしたの？】

スタンはザバリとプールから上がり、水も滴る全裸のままこちらに近づいてきた。自分も裸でいることは多いのに、他人の裸体を目にするのは妙にきまりが悪い。ハイジャックされた機内で、ジラフが【服を着た方がいいと思う】と言っていた気持ちを、今頃になって知るとは思わなかった。

【プールやフィットネスは、ここにいる間は自由に使えばいいよ】

【あの、えっと……】

微妙に視線を逸らしたままキッチンの場所を聞こうとして、ドキリとした。スタンの体が、不自然なほど間近に迫ってきたからだ。

【……それとも、僕の裸に欲情した？】

スタンの両目が熱っぽく見つめてきて、ジーンズの股間を軽くタッチしてくる。アルは【うわあああっ】と声をあげて大きく後ずさった。その反応を見て、スタンは【冗談だよ】と苦笑いする。

【けどちょっと傷ついたな。君は僕のタイプだからさ。一目見て気に入ったのに、リチャードの愛息の恋人じゃ、迂闊に口説けないなって思ってたんだ。もし君が「遊び」たくなったらいつでも声をかけてよ。僕は今フリーだし、アキラにも内緒にしておいてあげるから】

……人を愛するのに性別を問わないバイセクシャルのスタンは、恋愛を自由に楽しんでいるらしい。

【その、僕は暁だけでいいというか、遊びでもその……他の誰かとって考えたことはないんだ。ごめんね】

謝ると、スタンは【残念だなあ】と呟きながら腰を揺らした。ご立派なものが振り子のように揺れて、アルは思わず斜め上に視線を逸らした。

【家が広くて、キッチンがどこにあるのかわからないんだ。教えてもらえないかな】

ようやく当初の目的を告げる。【ちょっと待ってて】とスタンはプールの奥に引き返し、膝丈のパンツにTシャツを身につけて戻ってきた。

【この家、広いからね。キッチンに案内するよ】

スタンが先に立って歩き出し、アルは慌てて後を追いかけた。

【ごめん。泳いでたのに……】

【別に構わないよ】

アルが探し回っていたキッチンは、玄関から入って西の方角にあった。白が基調で広々としていて、オーブンも大きい。とても使いやすそうだ。ここと比べると、暁のマンションのキッチンはまるでネズミ小屋だ。

アルは冷蔵庫を覗き込み【材料、もらっていいかな?】とスタンに聞いた。

【何でも自由に使っていいけどどうしたの。お腹が空いた?】

アルは冷蔵庫のドアを閉じた。

【暁は今晩、何も食べてないんだ。食欲がないって言うけど、ちょっと心配で……】

スタンは【ふうん】と相槌を打った。

【ミネストローネとチキンでいいなら、夕食の残りがあるよ。温めようか?】

【あ、ありがとう】

レンジでチンだとばかり思っていたら、スタンはミネストローネを鍋にかけ、チキンをオーブンにいれた。【できたらリビングに持っていくよ】と言ってくれたが、それは申し訳なくて断る。アルがキッチンの棚から皿を取り出し、トレーに載せて準備をしていると、それを見ていたスタンが【一人分でいいのかい?】と聞いてきた。

【うん。僕は食べたから大丈夫】

料理が温まるまでの間、アルはキッチンの隅にあった背の高いスツールに腰掛けて待った。鍋をかき混ぜながらスタンが【アキラが羨ましいなあ】と呟く。

【どうして?】

【食欲がないって心配してくれる、君みたいな優しい恋人がいるからさ】

褒められて気恥ずかしくなり、つい俯いてしまった。

【アキラも昨日、ハイジャックされた飛行機の中にいたんだよね。マーサとリチャードは先に解放されたのに、アキラは最後まで残されたんだろう。すごく怖かっただろうね。食欲がないっていうのは、そういうストレスもあるのかな】

暁は自分と一緒になって戦っていた。そして犯人も全員捕まったので、今も事件を気に病んでいるとは想像もしなかった。【そういえば……】とスタンがチラリとアルを見る。

【あのハイジャック事件、最後に解放された人質って君に似てるね。それが裸にエプロン姿で、なぜ服を着てないんだろうって不思議に思ってたんだ。そしたらテレビでは報道されなかったけど、犯人の一味に乱暴されたみたいだってことでネットで大騒ぎになってたな】

アルは【ぼっ、僕じゃないよ】と否定した。スタンは【ははっ】と笑う。

【わかってるよ。君はあの飛行機には乗ってなかったってマーサに聞いているし】

アルはホッと胸を撫で下ろした。

【アキラがハナエ・タムラの息子で、日本でエンバーマーをやっているっていう話は、前から聞いていたんだ。けどあんなに整った顔で、スタイルがいいなんて思わなかった。

かな？】

独特の色気もある。役者としてのビジュアルは申し分ないね。彼、俳優業はやらないの

アルは【興味がないみたい】と答えた。

【残念だなぁ。ああいう雰囲気のタイプっていそうでなかなかいないから、売り出せばきっと人気が出るよ。それにハナエ・タムラの息子って看板と、大物プロデューサー、リチャード・カーライルの後押しがあったら、成功間違いなし。けどこればかりは本人の意思だから、どうしようもないのかな。……ところで君は何の仕事をしているの？】

【日本で俳優をしてるんだ】

暁には下手くそと罵られているが、嘘じゃない。スタンが【へえ！】と声をあげる。

【日本で俳優かぁ、凄いな。最初に見た時から普通の人と雰囲気が違うと思ってたんだよ。同じ日本にいても、俳優とエンバーマーなんて接点はないだろう。どうやって知り合ったの？】

【……その、友達を通じてかな。お金がなくて、僕が暁の家に転がり込んだんだ】

スタンは鍋の火を止めた。

【日本で同棲中か、いいね。で、君らはあと何日ぐらいここに滞在する予定なの？】

聞かれて、アルは首を傾げた。そういえば帰国のはっきりとした予定を聞いていない。

ハイジャックで一日潰れてしまったし、それほど長くはいないはずだ。

【あと二、三日ぐらいかな？】

【えっ、たったそれだけ？】

【シカゴにしばらくいたんだ。僕は時間が自由になるんだけど、暁は日本で仕事があるから】

【残念だな、もっとゆっくりしていけばいいのに。そう、夜は僕とマーサが交互に料理をしてるんだ。もし何か食べたいものがあったらリクエストしてよ。和食も、レパートリーは少ないけど作れるからさ。食欲のないアキラには自分の国の食べ物がいいかもしれないし】

スタンはミネストローネを温めて皿に移したあと、チキンも切り分けた上にトマトまで添えてくれた。

【そうだ、これを忘れちゃいけない】

スタンは食器棚の引き出しからナイフとフォーク、スプーンを取り出した。ピカピカと光るカトラリーに全身がゾクリと粟立つ。これは銀食器だ。アルの祖母が嫁入りの際に、銀食器を持たされたと聞いている。ただ銀は手入れが大変なので、特別な時しかお目見えしたことがなかった。銀食器にはさほど思い入れはないのに、キエフに銀で心臓を貫かれたら死ぬと聞いているせいなのか、銀製で鋭利なものは少し怖い。

【どうしたの？】

声をかけられて、アルはカトラリーを穴が開くほど見つめていたことに気づいた。

【あ、何でもない。銀だなと思って……】

スタンは【ああ】と浅く頷いた。

【柄の部分にとても綺麗な模様が入っているだろう。リチャードの母親の形見で、アンティークなんだ。本人はあまり興味がないみたいだし、眠らせておくのももったいないからお客さんが来た時に使ってるんだ】

もしかしたら、スタンはリチャードよりも家の中の細々したことに目が行き届いているのかもしれない。アルはスタンに【ありがとう】と礼を言って、キッチンを出た。

トレーを手に廊下を歩く。そして部屋を出てから随分と時間が経ってしまっていたことに気づいた。暁はもう寝ているかもしれない。起こしてでも食べさせた方がいいだろうか、そんなことをしたら怒鳴られそうだなと悶々としていたけれど、それは杞憂で、暁は寝ていなかった。

靴を脱いでベッドの上にあぐらをかき、全開にしたカーテンの向こうをぼんやりと見つめている。夜だから、窓の向こうも真っ暗で、庭にある外灯の薄暗い明かりがじわっと浮かぶだけ。家ではそういう気の抜けた姿を見たことがなかったので、意外だった。アルが戻ってきたことに気づいたのか、暁は緩慢に振り返った。

「……それは何だ」

アルが手にしているトレーをじっと見ている。

「ごはん」

「食事はいらないと言っただろう」

「これ　ゆうごはんののこり　おいしい　たぶん」

アルはベッドの傍までトレーを持っていった。眉間に皺が寄った渋い顔の鼻先が、ヒクリと動く。「下げろ」と言われないので、アルはトレーをわざとベッドの上に置いた。

「おい、そこに置くんじゃない！」

「テーブル　とおい　から」

近くに寄せても、暁は食事に手をつけない。しかし気にはなっているようだ。アルはベッドに上がると、フォークを手に取り、チキンに刺した。暁の口許までもっていって食べさせるつもりでいたのに、その気配を察したのか、暁はミネストローネのスープボールをサッと手に取った。チキンは無視されたものの、暁が何か少しでも口に入れてくれそうな気配にホッとする。

十五分ほどかけて、暁はスープを一杯飲んだ。チキンには手をつけず、トレーを手に立ち上がる。アルは部屋を出ていく暁の背中を追いかけた。

仏像の頭が飾られたコンソールの傍で、暁が勢いよく振り返った。

「どうしてついてくるんだ！」

いきなり怒鳴り出す。アルは一歩後ずさり、そこで踏みとどまった。

「だって　きになる」

「食器をキッチンに返しに行くだけだ。金魚の糞みたいにずっと俺の後をつけてくるんじゃない」

「きんぎょのふん　なに？」

暁は何か言いかけ、そのまま口を閉ざした。アルに背中を向け、階段を下りていく。ついてくるなと言われたけれど、もう少しだけ距離をとって後を追いかけた。

「あきら　きんぎょのふん　おしえて」

「……一から説明するのも鬱陶しい」

「ぼく　にほんご　もっとおぼえる」

「もうお前に日本語は必要ない！」

「にほんごはなす　ないと　スーパーでTシャツ　かえない」

キッチンの手前、エントランスの吹き抜けまでやってきたところで【その不思議な言葉は日本語かい？】と、隣にあるリビングから声が飛んできた。

振り向くと、スタンがソファに寝そべっていた。向かいにある巨大モニターでは、映画らしきものを流している。スタンは勢いをつけて起き上がり、二人に近づいてきた。

暁の手許にあるトレーを覗き込む。

【あ、チキンは嫌いだった?】

【ミネストローネは美味しかった。これは君が作ったのか?】

暁の問いかけに、スタンは【まあね】と優しく微笑んだ。

【マーサが作る濃い味とも違うし、アルにしてはまともだと思ってたんだ。……せっかく用意してくれたのに、チキンを残して悪かった】

【気にしなくていいよ。どうせ残り物だしね。じゃ、そのトレーを貸して】

【あ、いや。片づけぐらい自分でする】

暁が断っても【いいから】とスタンは半ば強引に暁からトレーを奪い取った。

【僕はこの家の家政夫だからね。ゲストのおもてなしと片づけも仕事のうちなんだ】

派手なウインクをすると、スタンは暁とアルの顔を覗き込んだ。

【こうやって知り合えたのも何かの縁だし、一緒に酒でも飲まないか。ビールにテキーラ、ウイスキーにワイン、何でも揃ってるよ】

暁は首を横に振った。

【……俺はいい。普段からあまり飲まないんだ。夕食をありがとう】

感謝しつつキッパリと断って、暁は部屋に戻った。スタンに対してあまりにもそっけなさすぎるけど、疲れているようなので無理強いもできない。アルは【ごめんね】と断って無愛想な飼い主の後を追いかけていった。

部屋に戻ると暁の姿はなく、シャワールームに入ったのか、水音がしていた。十分ほどでバスローブ姿のまま出てきた暁は、頭をガシガシと乱暴に拭い、パンツだけ穿いてシーツの中に潜り込んだ。アルもシャワーを浴び、そして部屋に出てきて驚いた。辺りが真っ暗だ。アルがまだバスルームにいると知っているのに、暁は部屋の明かりを消してしまっていた。

問答無用、容赦のない「就寝」アピール。これは決して蔑ろにされているわけじゃない。暁は疲れているんだと自分に言い聞かせる。もっとこう前向きにいこうと考えているうちに、明かりを消してほぼ裸でベッドの中で待ってるなんて、恥ずかしがりの新婚さんみたいだなと思えてきた。

一瞬、誘われているのかと勘違いしそうになったものの、他の人ならいざ知らず、暁に限ってみれば、絶対にありえない。その心情を推理するなら「これ以上、ひとっことも無駄口を叩かずに寝ろ！」あたりが一番近いんじゃないだろうか。

無言の命令に従って、アルも隣に潜り込んでうつ伏せになった。そうして不機嫌な男の様子を窺う。寝返りは頻繁だし、時折鬱陶しそうにため息をつく。なかなか寝つけないようだ。

くっついて寝たい。モソモソと寄っていったら「来るな」と怒られるだろうけど、無意識なら許してくれるかもしれない。アルは寝返りを打つ振りで暁に近づいた。読みは当たり、文句はこない。暁の熱を布越しに感じ、鼻先を首筋にくっつけたところで、暁の体がビクッと震えた。

あれっ？　と思う。もう一度鼻先を擦りつけたら、また震える。寝ぼけた振りで肩に手を置くと、その体がかつてないほど強張った。これまで何度も一緒に寝てきて、こんなに緊張している暁は初めてだ。しばらく様子を窺うも、緊張がとける様子はない。もしかして自分が傍にいるから駄目なのかもしれない……ようやくそこに思い至り、アルはそっとベッドを抜けて廊下に出た。

ものすごく意識されている。何か変だ。いつもの暁らしくない。自分は何かまずいことをしただろうか。ベッドの中で蹴っ飛ばしでもしたっけと考えるも、思いあたる節がない。記憶を掘り返しているうちに、飛行機のギャレーで暁とキスした場面が脳裏に浮かんだ。吸血が一緒になってグチャグチャだったけど、あれはまさしくキスだった。

耳がカーッと熱くなってくる。暁の口の中は温かくて、甘い血の匂いがした。自分に血をくれるためなら、暁はちゃんとキスしてくれるのだ。

機内でああいうやり取りがあったから、暁は恥ずかしがっているんだろうか。キスをしたことで、自分を……蝙蝠になる吸血鬼から、ラブを意識するぐらいの存在にランクアップしてくれたとか。だとしたらちょっと、いやかなり嬉しい。

アルは廊下に立ち止まり、今は押し進むべきか、それとも見守るべきか悩んだ。暁が自分を意識しているなら、このへんで猛烈にアピールして押しきってもいいだろう。だけど暁の性格からして、押したらその倍以上の力でドーンと突き飛ばされる可能性もなきにしもあらずだ。

焦っちゃいけない。暁が自分のことを意識しているとしたら、それだけでも大きな進歩、前進だ。しかし、今現在の正直な気持ちとしては、部屋に舞い戻って「ぼくのことすき？　ねえすき？　すき？」と聞いてみたくてたまらない。でも暁が「そうだ」と言ってくれる場面が頭に浮かばない。たとえ好きの気持ちがあったとしても恥ずかしがるだろう。考えているうちに、自分が暁という人間をすごくよく理解している気がしてきた。

あれこれ考えているうちに、頭が異様に興奮してきた。気持ちを落ち着けるために庭を散歩してみることにする。門から家のエントランスまでの間に眺めただけでも、家の敷地は随分と広く、遠くに林のようなものまで見えていた。周囲を一周していたら、夜が明けるかもしれない。それは言いすぎだとしても、夜目は利くから、庭の中で迷子になることはない。

散歩をする気満々で螺旋(らせん)状になった階段を下りていたアルは、ふとシカゴの別宅での侵入者騒ぎを思い出した。ＬＡの家はセキュリティが万全だとマーサは言っていた。夜の庭をフラフラと散歩していたら、自分が不審者に間違われてしまうかもしれない。とはいえ何かしていないと、この胸に湧き上がる甘い興奮から意識を逸らせない。

悶々としながらリビングの近くを通りかかったアルは、テレビの音声が漏れ聞こえてくることに気がついた。覗き込むと、スタンがソファにだらしなく寝そべっている。ローテーブルの上には、ビールやワインの瓶が何本も、ランダムにひしめき合っていた。

『社長、今日の午後二時から、ブリジッド社のアントラム氏との予定があります』

大きなテレビ画面の中に、広いオフィス、黒いスーツを着た黒髪の秘書の後ろ姿が見える。

『スーザン、それはキャンセルしてくれ』

社長と呼ばれた男は、頬杖をついたまままため息をつく。

『ですが……』

黒髪の秘書の顔がアップになった。なかなかの美人だ。……アルはおやっ？　と首を傾げた。あの顔をどこかで見たことがある。どこかで……どこか……黒髪……黒髪の美女……そうだ、アシュレイだ！　思い出した。ハイジャック犯のジラフが殺した、エンジェルの女優時代の友達、アシュレイだ。ジラフの記憶を消す時、過去の中にチラリと見えた。

『わかったね、いいね』

画像が不意に乱れた。

『社長、今日の午後二時から……』

同じ場面が繰り返される。機械の故障かと思っていたら、三度目も同じ場面にきたところで元に戻る。そこでようやくこの場面だけをループしているんだと気づいた。

【その女優が好きなの？】

声をかける。スタンは【おおっ】と声をあげて飛び上がった。その驚き方にビックリして、アルの方が申し訳ない気持ちになる。

【ごめん、いきなり声をかけて】

謝ると、強張っていたスタンの表情がフッと和らいだ。

【みんな寝たと思ってたんだ。マーサまで血圧が高いって部屋に行っちゃうしね】

アルは映画の画面をじっと見つめた。何かを見て気晴らしする方が、散歩よりも迷惑はかけないかもしれない。

【映画、一緒に見ていい？】

【いいよ】

スタンの隣にアルは腰掛けた。映画は淡々と進む。もうあのシーンがループされることはない。政界の汚職が絡む社会派映画らしく、真面目過ぎてあまり面白くなかった。

【これ、何て映画？】

【『勇者の陰謀』だよ】

聞いたこともない。アルの心中を見透かしたように、スタンが【他の映画にしようか？】と言ってきた。

【いいよ、だって君が見てるんだろう】

【そうなんだけど、僕はこの映画は面白くないって知っているから】

スタンが映像を停止した。面白くないと言いながら、繰り返し見ていた黒髪の美人秘書……。

【アクションでもいいかな？】

スタンは有名な俳優が出演しているシリーズ物のＤＶＤを手に聞いてくる。

【うん。あ……さっきの映画に出てた秘書役の女優って、アシュレイって名前だよね】

スタンは振り返り、目を大きく見開いた。

【アル、君はアシュレイを知ってるの？】

……アシュレイを殺した男の記憶を見たとは言えない。

【あ、うん】

アルは曖昧に返事をした。

【よく知ってたね。どの映画も端役ばかりで、台詞がついたのはさっきのあの役だけだった】

以前、役者をしていたスタン。二人がどこかで知り合っていてもおかしくない。スタンは細く息をつくと、顔の前で両手を組み合わせた。

【アシュレイ、彼女には実力があった。自殺なんかしなければ、大女優になってたんじゃないかな】

【彼女は殺されたんじゃないの？】

アルが聞くと、スタンは【いいや、違う】と力強く否定した。

【アシュレイは自殺したんだ】

ジラフがアシュレイを殺したのは間違いない。そしてジラフに命じたのはピースフルハウスの教祖、エンジェルだ。

【違うよ、アシュレイは殺されたんだ】

スタンはゆるりと首を横に振った。

【アシュレイは自殺だよ。警察もそう判断した。だけど……そうだね。アル、君の言う通り彼女は殺されたのかもしれない】

スタンは目許を拭う。泣いてこそいないけれど、目尻は赤くなっている。スタンはアシュレイとかなり親しかったのではないだろうか。あんなに繰り返し同じ場面を見るほどだ。

【アシュレイのことを話すと辛くなるから、これぐらいにしておきたいな。……アル、君はどうなの？　アキラと喧嘩でもした？】

アルは慌てて両手を左右に振った。

【喧嘩はしてない。けど僕が傍にいると、暁はリラックスできないみたいだったから……】

【それは君にその気がないのに、同じベッドにいるとアキラが期待して興奮しちゃうってことかな？】

スタンはサラリと口にする。暁が聞いていたら「俺がこいつに興奮するわけないだろう！」と怒鳴り出しそうだ。暁の名誉のためにも【そうじゃないよ】と否定したらスタンはクスクスと小さく笑った。

【冗談だよ。アキラがそっちに強そうじゃないっていうのは、見てれば何となくわかるしね。綺麗だけどベッドでも取り澄ましてて、つまらなそうなタイプだ】

スタンの容赦ない毒舌に、アルは目を丸くした。

【あぁ、ごめん。君の恋人なのに。随分飲んだから、ちょっと悪酔いしてしまったみたいだ】

スタンはローテーブルの上に置いたペーパーボックスからフライドポテトを摘むと、

口の中に入れた。何だかしっくりこない。スタンがよくわからない。自由奔放で、リチャード宅なのにまるで我が家にいるかのような寛ぎっぷり。しかし使用人の仕事も忘れておらず、来客の世話はするし、親切だし、話し相手にもなってくれる。

【リチャードから、息子として可愛がっている子が来るって話を聞いた時は、陽気で明るい男を想像していたんだよ。アキラは悪い男じゃなさそうだけど、クールで無愛想だ。ああいう手合いは扱いづらそうだね】

おっと、とスタンは指先で己の唇を軽く叩いた。

【悪口のつもりはないんだ。誰にも言わないでね】

口止めされなくても言わない。マーサとリチャードは暁が無愛想なのを知っているし、それでも暁を愛している。そして暁も、二人をとても大切に思っている。

【エッチの時もアキラは不機嫌な感じなの？　それともしている時は淫乱なタイプ？】

……わかるわけがない。暁とはまだキスしかしたことがない。アルが黙り込むと、スタンは【あぁ、ごめん、ごめん】と謝ってきた。

【本当に今日の僕は駄目だな。絡み酒もいいとこだ。久しぶりにタイプの男に会えたと思ったら、彼氏持ちでガッカリしたんだよ】

プールサイドで誘惑されたことを思い出す。暁のことを色々と言うのは、自分に好意を寄せた上での嫉妬だとしたら、理解できないこともない。ひょっとして自分はゲイにもてるタイプなんだろうか。そういえば空港のトイレでもマッチョにナンパされた。【それにアキラがタイプだったら、僕なんて眼中にないだろうし】

恋人と勘違いされて嫉妬されるのは、ちょっとだけ気分がよかった。そして【ガッカリした】と素直に口にするスタンが、どことなく可愛らしく思えてくる。

【あぁ、このアクション映画もあまり面白くないなぁ】

話題を切り替えるようにスタンが席を立った。

【そういえばリチャードのコレクションでリリーが出演している映画があるんだ。そっちを見てみるかい？】

【僕はどちらでも……】

【リリーとアキラを見比べてみると、面白いかもしれないよ】

スタンはＤＶＤを入れ替え【これにしてみた】とパッケージを渡してくれた。タイトルは『mama mother』。映画関係者が愛情を込めてリリーと呼ぶ「ハナエ・タムラ」。彼女の出演作をいくつか見たことはあるけれど、これは初見だ。リリーはメインの登場人物を演じることはあっても主役を張ることはなかったので、どれが代表作かと言われてもなかなか選びづらい。

主人公は金髪で、前髪を立たせたカーリーヘアの若い女優。ゆったりした袖のないデザインのＴシャツや、ふわっとしているのに、ウエストだけキュッと細いスカート、目と唇のメイクにそこはかとなく時代を感じる。それはいいとして、金髪の女優は演技があまり上手くなかった。

映画がはじまって五分ほど経った頃、リリーが現れた。アルは思わず息を呑んだ。リリーと暁は似ている。知っていたのに、こんなにそっくりだなんて思わなかった。まるで暁がそこに立って、喋っているようだ。姿、形だけじゃない……声のトーンまで同じだ。

リリーは、主人公に誘拐してきた子供を押しつける、自分勝手な泥棒の役だった。すらりとした体躯、小さな頭、黒髪に黒い瞳。全体の印象としては暁と同じで淡泊なのに、時折びっくりするほど色っぽい表情を見せる。リリーが笑うと、まるで暁に笑いかけられている感じがしてドキドキした。主人公の女優よりも、リリーの印象が強く残る。存在感が強い。演技が上手い。いつしか映画の古臭さを忘れて、アルはリリーに夢中になっていた。

リリーが画面から消えた途端、話が単調になる。正直で残酷な瞬間だった。

【リリーとアキラが似てるとは思ってたけど、まさかここまでとは。リチャードがアキラ、アキラって彼に執着している理由がやっとわかったよ】

スタンが呟く。アルは【執着?】と問い返した。

【リチャードがリリーに夢中だったのは、当時の映画関係者なら周知の事実だよ。二人

はずっと付き合っていて、リチャードは結婚したがってたのに、リリーがそれを拒んでたっていうのもね】

スタンは両手の指を組み合わせて、大きく伸びをした。

【愛した女性の息子、しかもこんなに顔が似てるんじゃ、リチャードが入れあげるのも無理はないね】

玄関の方から、ガチャリとドアの開く音がした。時計を見上げると午後十一時になろうとしている。カツカツと足音が近づいてきて、リビングにリチャードとヘンリーが姿を現した。

【アル、ようこそ。よく我が家に来てくれたね】

リチャードの両腕が抱擁の形に大きく開かれる。アルも立ち上がり、しっかりと抱き合った。

【招いてくれてありがとう。……そしてあなたとマーサ、暁が無事でよかった】

アルの言葉に、抱きしめるリチャードの腕の力が強くなった。

【昨日は本当に、本当に大変だった。ハイジャックされた飛行機の、最後の人質の中にアキラが残されて……彼が殺されてしまったらと考えるだけで、僕は気が狂いそうだった。君にも本当に申し訳なくて……】

アルの背中を抱くリチャードの指先が震えている。

【全員が助かったとわかった時は、神様に感謝したよ。アル、君も随分と心配しただろう】

あの場にいて、犯人と戦っていたとは言えないので【はい】と相槌を打つしかなかった。まるで息子にするようにアルの頬にキスをしてから、リチャードはリビングを見渡した。

【アキラはいないのかい?】

【疲れているみたいで、もう寝てます】

アルの言葉に、リチャードは【そうか、そうだろうね】と大きく頷いた。

【昨日の今日だ。アキラは私たちよりも長い時間、人質という精神的な苦痛にさらされた。貧血もあったというし……彼に今一番必要なのは休養だろう】

アルの肩を抱いたまま喋っていたリチャードが、それを見つけた。

【これは『mama mother』じゃないか。映画を見ていたのかい?】

【ええ、スタンと一緒に……】

振り返ったアルは【あれっ?】と声をあげた。酒の空き瓶は大量に残っているのに、スタンがいない。

【スタンなら、あなた方が話をしている間にリビングを出て……】

ヘンリーの話を遮るように【あっ、もうすぐリリーの場面だね】とリチャードは嬉しそうな声をあげ、アルの手を引いてソファに座らせた。

【僕も一緒に見ようかな。久しぶりだ】

【余計なお節介かもしれませんが、一言言わせていただくと……】

ヘンリーがソファに座るリチャードに近付いた。

【アキラにも休息が必要なようにリチャード、あなたも体を休めないといけません。LAに帰ってきてから屋敷に荷物を置いただけでそのままスタジオにこもって、この時間まで働きづめ。ただでさえ普通ではない状況に置かれたあとだ。あなたにも疲労が蓄積されているはずです。映画は逃げませんから、鑑賞は明日にしてもうお休みになってはどうですか】

するとリチャードは【休んでるよ】とソファにゴロリと横になり、頭の下にクッションを敷いた。

【私は寝室のベッドで寝てはどうかと提案してるんです】

【あっ、リリーが出てきた】

小言を言っていたヘンリーも、リチャードの声に反応して画面に目を向ける。映像の中のリリーは、生き生きとして美しい。そして暁にそっくりだ。いや、順番からすると暁がリリーに似たのだろうけど。

【いつ見ても、リリーは世界一の美女だ】

リチャードは夢でも見ているように瞳を潤ませた。

【彼女が女優をやっていてくれて、本当によかった。おかげで僕はいつでも美しい彼女に会うことができる】

リチャードのソファがギシギシ軋むなと思っていたら、ヘンリーがソファの背に両手をついて身を乗り出し、画面に見入っていた。

【アキラはリリーに似ていると聞いてはいましたが、こうやってリリーの映像を見ると本当にそっくりですね。まるで双子だ】

あれこれ小言を言っていたくせに、二人が似すぎていて興味をそそられたらしい。ヘンリーはリチャードの向かい側、一人がけのソファに腰を下ろして本格的に見る態勢になった。

【リリーに似て、アキラはとても綺麗な顔をしているだろう】と自慢気なリチャードに、ヘンリーは【アキラが俳優になっていたら、いい線いってたかもしれないですね】とスタンと同じことを言っている。そういえば席を外したスタンがなかなか戻ってこない。アルがチラチラと廊下を窺っていると、目ざといヘンリーに【どうしたんですか?】と聞かれた。

【スタンが戻ってこないから。部屋で休んでるのかな?】

するとリチャードが【そういえば、帰ってきた時はいたね】と首を傾げる。

【スタンは私が嫌いなんですよ。だから席を外したんじゃないでしょうか】

ヘンリーはシビアな事情を淡々と語る。リチャードが【そういえば】と指を鳴らした。

【君は前からスタンが気に入らないとぼやいていたね。どこが嫌なんだい？　元役者ってところかな？　この街には元役者なんて溢れているし、彼のことはマーサがとても気に入ってるんだよ】

【彼女の相手をしてくれるのは大変ありがたいし、身辺調査でも問題なしと結果が出ていますが、彼は不自然な気がするんです。役者を諦めたなら、きっぱり諦めてＬＡを離れるか、役者に近い仕事に移る者がほとんどですが、彼はそのどちらでもない。大物プロデューサーのあなたの家で、ダラダラと家政夫をしている。あなたに取り入って役を取ろうとしているならまだわかる。けど彼はそうじゃない。何をしたいのか、何を考えているのか私にはわからないんですよ】

リチャードは【うーん】と小さく唸って腕組みした。

【家政夫も立派な職業だと思うんだけどなあ】

【家政夫が悪いというわけではないんです。あと彼はリチャード、あなたのことをよく見ています。あなたが見ていなくても、あなたの横顔、背中をじっとね。正面から向かい合う時と違う、その視線の違いが私は気味が悪いんです】

君の気のせいじゃないのかい、とリチャードは笑う。けれどアルは一つの可能性に気づいてしまった。愛する人の性別を問わないスタン。彼はリチャードに恋をしてるんじゃないだろうか。ヘンリーは恋する思いを読み解けずに、視線の熱量を「気味が悪い」と感じているだけでは……。

【僕がスタンを雇ったのは、マーサの話し相手が欲しかったってこともあるけど、もしスタンが役者に戻る気があるなら、それをサポートしたいと思ったからなんだ。彼はいい役者だよ。アジア系だから役は限られていたが、時代は変わってきたし、何より演技がとても上手い。このまま辞めさせてしまうのは惜しくてね】

ヘンリーは【そうですか】と一応の納得を見せる。リチャードは【あぁ】と大げさなため息をついた。

【僕が目をかける役者は、辞めてしまうことが多いんだよ。スタンも、アキラもそうだ。アキラも一度、モブとして映画に出演してもらったんだ。雰囲気があってとてもよかったし、これなら役者で十分いける、俳優に興味を持ってくれないかなと、彼がこちらに留学している間に何度か撮影現場に連れていって業界人を紹介したんだけど、鬱陶しがられただけだったな】

暁がずっと不機嫌な顔のままで、紹介しようとしたリチャードが困っている姿が目に浮かぶ。

【俳優になったら、ずっとアメリカに……僕の傍にいてくれるんじゃないかと考えてた

んだよ。それにこの業界だったら、私が全力をあげて応援し、守ってあげられたからね】

　俳優志望の人間が聞いたら、いくら金を払ってでもいいから買いたい、夢のシンデレラストーリー。リチャードは【喉が渇いたなあ】と、ローテーブルの上にあった瓶ビールを開けてゴクゴクと飲んだ。

【僕はアキラに幸せになってもらいたかったんだ。映画業界に入ることが彼の幸せに繋(つな)がるかどうかはわからないけど、それに近づく手伝いができるんじゃないかってね……そう、僕は彼を「自分の手で幸せにした」って満足感が欲しかった。アキラにしてみれば、それも傍迷惑(はためいわく)なお節介だったんだろうね】

　それに……リチャードは続けた。

【僕はアキラがずっと一人なのが気になっていたんだ。こちらに住んでいる間、一度も恋人を紹介してくれなかったから。今はアルという素敵なパートナーがいることがわかって安心したけど】

　画面の中からリリーの姿が消える。リチャードは、寂しそうに目を細めた。

【アキラという名前を最初にあなたから聞いた時は、恋人だと思いました】

　ヘンリーがぽつりと呟いた。

【だからなぜ恋人をアメリカに呼び寄せないのか不思議でしたね。実際はあなたほど恋

人は恋愛に熱をあげていないんだろうなと思ったり】

リチャードは【酷いなあ】と舌打ちし、再びビールに手を伸ばした。

【ヘンリー、君も飲んだらどうだい?】

【いえ、私はまだ勤務中ですから……と言いたいですが、下戸なんです。前にも何度か話したかと思いますが】

するとリチャードは【フフッ】と楽しそうに笑った。

【私をもてない男にした仕返しだよ、ヘンリー。あと一つ教えてあげよう。今でも僕はけっこうもてるんだ】

【知っていますよ。あなたの周囲は、好意や悪意、羨望や嫉妬のラッシュアワーで、身辺警護が大変ですから】

【けど僕の恋人は未来永劫、リリーだけだ】

テレビ画面に蘇ったリリーをリチャードはじっと見つめた。

【そんな大切な恋人の息子に、僕は酷いことをした。……それを今でも後悔している】

リチャードは暁に対してやたらと心配性だ。それは些細な出来事を、暁ですら忘れてしまった事柄を、未だに思い悩んでいるからではという気がする。

【アル、君はアキラに僕のことをどういう風に聞いてるのかな?】

改めてそう言われると、返答に迷う。亡くなった母親の恋人で元俳優。留学していた時に世話になった……それらはほとんどリチャードから聞いたことで、暁本人の口からではなかった。

【暁には何も聞いてません。あなたとは知り合いとだけ……】

リチャードはズッと洟をすすり上げた。

【あの子は自分のことを積極的に話す子じゃなかったね……】

テレビ画面の中でリリーが微笑む。それを見ていたリチャードの目からポロリと涙が零れる。ヘンリーがソファから立ち上がった。

【少々酔っ払ったようですね。そろそろ部屋へ戻って休んでください】

するとリチャードは【いいや】と首を横に振った。ソファに座り直し、両手の指を組み合わせる。

【僕はアルに聞いてほしいんだ。若い頃の僕がどれだけ愚かな、恋の奴隷だったのかを……】

ヘンリーが止めるのも聞かず、リチャードは語りはじめた。

【彼女に出会ったのは、僕が二十五歳の時だったよ。日本から来た二歳下の、才能溢れる美しいアジア人女性に、僕は一目で夢中になった。最初はまったく相手にされなかったけど、ずっと好きだと言い続けて、二年がかりで口説き落として恋人同士になったんだ。幸せな時間だった……】

リチャードの口許が幸せそうにほころんだ。その唇が僅かに震えたあと、心許なく曖昧な形になった。

【付き合いはじめて何年目だったかな、撮影中にリリーが倒れたんだ。病院で、余命は三ヶ月だと宣告された。僕は医者の前で泣き崩れたよ。けどそんな姿を彼女に見せるわけにはいかない。辛いのは彼女の方だと自分に言い聞かせて、病室ではずっと笑ってたんだ。そんなある日、彼女は「日本に帰りたい」と言い出したんだ。僕は泣いて彼女に縋ったよ。結婚してもらえなかったのも、子供がいないのも仕方がない。だけど帰らないでほしい、僕の傍から離れないでほしいと懇願したんだ。もう必死だったよ。このまま彼女を帰したら、二度と戻ってきてくれない、戻れないだろうと思ったからね。そしたら彼女も納得してくれたんだ。……リリーが亡くなったのは、それから一ヶ月後だった】

当時のことを思い出したのか、リチャードの淡青色の瞳が涙で潤んだ。肩先が細かく震えている。

【リリーの消えた世界に、僕は絶望したよ。後を追おうと何度も考えた。周囲の言葉もまったく耳に入ってこなくて、毎日酒ばかり飲んでたよ】

当時を思い出すと辛いのか、リチャードは【お酒が欲しいな】とローテーブルに手を伸ばす。ヘンリードが【少し飲みすぎです。やめた方がいい】とリチャードの手首を掴み、膝の上に戻した。諭すようなその仕草に、リチャードは苦笑いしている。

【リリーが死んでから二週間経っても、僕は葬式を行えずに棺の傍で過ごしてたんだ。そしたらマネージャーがやってきて「息子が来たから会わせてやろう」って言ったんだ。ショックだったよ。僕は彼女に子供がいたなんて知らなかった。別れた夫が引き取ったと聞いて、最後の最後に裏切られたと思って愕然としたんだ。マネージャーから「彼が生まれて一年もしないうちに別居をはじめて、正式に別れた時は三歳だったらしい」と聞かされて「そんな顔もろくに覚えてない母親を見て何になるんだ」って吐き捨てたら殴られたよ。「お前は人でなしの最低野郎だ」ってね。彼はとても優しい男で、声を荒らげるのを聞いたのはその時が初めてで……僕は渋々承知したんだ】

暁はきっと話してくれない、教えてくれない話を、アルは両手を強く握り締め、前のめりになって聞いた。

【アキラは僕のマネージャーと通訳の若い男に付き添われて、リリーに会いに来たんだ。最初に彼を見た時は驚いたよ。リリーが子供になって現れたんじゃないかと思うほどよく似てた。アキラは十五歳で、細くて、まるで女の子みたいだったな。リリーはとても表情が豊かだった。けどアキラは人形みたいに生気のない顔で、棺の中のリリーを、まるでモノでも見るような目つきで見下ろしてたんだ。僕はその視線をとても冷たく感じたよ】

リチャードは親指をこめかみにあてた。

【僕はマネージャーに聞いたんだ。「父親は来てないのか」ってね。すると「父親はもう亡くなっている。彼はアメリカに一人で来たんだ」と教えられた。「言葉もわからない国に子供を一人で来させるなんて、無謀なんじゃないか」と文句を言ったら、マネージャーはため息をついたよ。「ディック、彼は親のいない子供が暮らす施設にいるんだ。誰も身寄りがいない。彼には付き添える人がいなかったんだよ」ってね。彼にそう言われても、僕はまだ自分の犯した罪に気づいていなかった。……僕はリリーを見ているアキラに近づいて聞いたんだ。「お母さんに会えて、どう」ってね。アキラは首を傾げて、何か言ったよ。通訳の子がこう訳してくれた。「初めて顔を見るので、よくわからない」ってね】

そこまで喋ったあと、リチャードは耐えきれなくなったのか両手で顔を覆った。

【僕はこれまで、数えきれないほど馬鹿をしてきた。後悔もした。けどあの時ほど自分を最低だと思ったことはない。彼は幼い頃に別れたまま、母親の顔も覚えてなかった。それでも生きているうちに母親に会う機会はあったんだ。リリーだってきっとそれを望んでいたのに、僕の我が儘でその機会を握り潰したんだ。あの子は生きている母親の顔を見ることができなかった。話をすることもなかった。抱き締めてもらうこともなかった。そんなこと、絶対にあっちゃいけなかったんだ。僕は泣いて彼に謝ったよ。「申し訳ない、すまない」ってね。するとアキラは「謝らないでください」って言ったんだ。彼にしてみれば僕がどうして謝ってるかなんて、わからなかっただろうね】

その時の情景が、見てもいないのに脳裏に浮かぶ。無表情な子供の暁と、縋りつくリチャード。アルの胸も引き絞られるように痛くなった。

【僕はアキラを引き取りたいと何度も施設に申し出たんだけど、アキラが嫌がったんだ。言葉もわからない国にいきなり来いと言われても、無理もない話だと思ったよ。そのかわり金銭的な援助をさせてほしいとお願いしたら、それは受け入れてもらえたんだ。クリスマスと誕生日には贈り物をした。会いに行ったこともあるよ。アキラがエンバーマーになるためにアメリカに留学すると聞いた時は、跳び上がるぐらい驚いた。それならアメリカでの生活を全面的に手助けさせてほしいと申し出たんだ。アキラが家に来たら来たで、可愛くて可愛くて、構いたくて仕事も手につかなくって大変だったよ。一緒に住んでいる間はとても楽しかった。だから日本に帰ると言われた時はすごく悲しかったよ】

僕の願いは……とリチャードは続けた。

【アキラに幸せになってもらうことなんだ。笑って、楽しく人生を過ごしてほしい】

視線が合うと、リチャードはアルの両手をギュッと握り締めた。

【アル、アキラを大切にしてやってほしい。母親がいないってことがどういうことなの

か、それすらもわからないような寂しい思いはもう二度とさせたくないんだ】
アルは大きく頷いて、リチャードの手を握り返した。自分は何もできない。昼間は蝙蝠だし、定期的に血をもらわないといけない。それでも暁を愛することだけなら誰にも負けない自信があった。

アルが部屋に戻ったのは、午前零時を過ぎた頃だった。音をたてないようにそっとドアを開き、そろそろと部屋の中を歩く。シーツの中に潜り込むと、横向きになっていた暁から、小さなため息が聞こえた。まだ寝ていない。アルはじわじわとにじり寄って、背中からギュッと抱き締めた。暁の体が怯えるみたいにビクンと震える。

「おいっ！」

苛立った声で怒鳴られた。

「離れろ」

暁は嫌がって身悶える。だけど暴れれば暴れるほど余計にギュウギュウ抱き締められて逆効果だと気づくと、フッと体の力を抜いた。

アルは仄かにボディソープの匂いの残る耳許に唇を寄せた。

「ママの　だっこ」

「……お前は何を言っているんだ？」

「ぼく　あきらの　ママ　パパ　こいびと　なる」

しばらく暁は黙っていた。アルが背中に額をくっつけて目を閉じていたら「ディックに俺の話を聞いたのか？」と体の中から声が響いた。

「うん」

暁は「まったく」と沈み込むようなため息をついた。

「ディックは言うことがいちいち大げさなんだ」

「あきら　ママ　あえない　リチャード　ずっとこうかいする」

バフッと暁はマットレスを叩いた。

「そのことは気にしてないと何度言っても聞いちゃいない。俺はもう三十を過ぎてるんだぞ！　母親が恋しい歳でもない」

「なんさい　でも　ママがいない　さびしい」

暁が急に黙り込んだ。文句を言わなくなる。どうしてだろう。自分がネブラスカに帰った時に、両親に会って泣いていたからだろうか。いつもポンポンと、人格を地の底に叩きつけることを言ってのけるのに、そういうところは妙に優しい……。

「あきらは　さびしい　ない」

アルは耳許で囁いた。

「ぼくがいる　ずっといる　さびしい　ない」

黒髪の、クシャクシャの頭を撫でて、ママみたいにキスを繰り返す。何度も何度も。暁はされるがままじっとしている。何も言わないけれど、ママがいなくて寂しかったに決まっている。

温かい体にくっついていると気持ちよくて次第に眠たくなってくる。蝙蝠の時のように暁の首筋にスリスリと鼻先を押しつけて、アルは目を閉じた。


目覚めたのは午前八時過ぎ。それもマーサの掃除攻撃を受けてだった。三回のノックのあと、返事を待たずにドアは開いた。

【おはよう!】

マーサは朝から元気だ。アルはシーツからモゾモゾと這い出してくると、カーテンレールに逆さまにぶら下がった。蝙蝠を見つけても、マーサはもう驚きもしない。

【そういえばアキラは朝食を食べてたけど、アルはいらなかったのかしら?】

ブツブツと呟きながら、マーサはシーツをはぎ取った。中から出てきたアルの下着や服を無言で畳み、新しいシーツと交換して整える。こんなに広い豪邸なのに、ベッドメイクはマーサがしているらしい。

アルは開いたドアから外へ出て、廊下からリビングに向かって飛んでみた。暁の姿は見えない。部屋数がとにかく多いので、他の部屋に入ってドアを閉じられたらわからない。飛び回って捜すのにも疲れてリビングに戻り、ソファに置かれたクッションの上にぺたりと腹這いでとまった。ソファが蔓のような天然素材でできているので、クッションの方が柔らかくて居心地がいいのだ。

夜、リビングのローテーブルには、空き瓶がひしめいていたが、今は綺麗に掃除がされている。昨日、リリーの話を聞いたせいなのか、リリーの映画が無性に見たくなる。DVDがまだ機械の中に残っていたら、電源を入れて再生ボタンを押すだけで、続きが見られるかもしれない。テレビリモコンのあるローテーブルに飛び下りて、鼻先で力いっぱいボタンを押した。テレビの電源が入り、賑やかな笑い声がリビングに響き渡った。

人の足音が近づいてくる。ジーンズに濃い色のカットソーを着たスタンだ。スタンはリビングを見渡し【誰もいないのか】と呟いて、せっかくつけたテレビの電源をブチッと切る。アルは思わず「ギャッ」と声をあげた。

【んっ？】

目が合った。スタンはぴたりと動きを止める。その目に殺気を感じ、慌ててカーテンレールまで飛んだ。スタンは窓際まで歩いてくると、ぶら下がっている蝙蝠をじっと見上げてくる。何か考え込んでいる風だったが、スタンはソファまで戻ると、クッションを手に戻ってきた。いくらスタンの背が高く、クッションを使ったとしても自分には届かないだろうと思っていたら、いきなりブオンと飛んできた。

不意打ちで攻撃を食らい、アルはクッションと共に床に落ちた。クッションが緩衝材になって痛くはなかったものの、スタンに鷲掴みにされる。

「ギャッ」

精一杯愛想よく鳴いてみたがチッと舌打ちされただけ。スタンの目には優しさがない。今にも首をへし折られそうで怖い。折られても死なないけれど、痛いのは嫌だ。できることなら回避したい。

カツカツと足音がして、マーサが階段を下りてくるのが見えた。アルは「ギャーッギャーッギャーッ」と大声で鳴いた。

リビングの前を通りかかったマーサが、フッと足を止める。

【スタン、今の鳴き声は何？】

【あぁ、蝙蝠が家の中に入ってきてたんだ。すぐに始末するよ】

【ちょっと待って！】

マーサが慌てて駆け寄ってくる。アルは助けを求めて「ギャッギャッ」と鳴いた。

【この蝙蝠、アキラのペットじゃないかしら】

【ペットって……これが？　じゃあアキラはこの蝙蝠をわざわざ日本から連れてきたっていうのかい】

【そうなのよ。前から変わった子だと知ってはいたけど、飼ってるペットも風変わりなのよね。可愛がっているようだから、放してやってちょうだい。シカゴにいる時も家具を汚したり傷つけたりしなかったし、ちゃんと躾けているからフンは決まったところでするんですって】

マーサにそう言われ、ようやくスタンは手を離してくれた。カーテンレールに戻ったアルを、スタンは相変わらず気味悪そうに見上げているが、殺気は薄れた。確実に。

【アキラはやっぱり変わってるな】

腕組みをしたまま、スタンはしみじみと呟いた。

【年寄りみたいに偏屈で愛想はないけど、優しくていい子よ】

マーサが抗議する。スタンは【悪口のつもりはないいんだよ】と肩を竦め、リビングを出ていった。マーサのおかげで、何とかスタンにも暁のペットの蝙蝠として認識された。それにしてもスタンのあの目は怖かった。蝙蝠が家の中にいたら、気持ち悪がって、追い払おうとするのは普通だとしてもあの殺気はないだろう。昨日は暁のために夕食を準備してくれたことを考えると、優しさと冷たさのギャップが大きすぎる。

アルがぶら下がったまま悶々と考えていると、マーサがバケツとクロスを手にリビン

グへ戻ってきた。そして窓の拭き掃除をはじめる。特にリビングは人が集まる場所だから……】

【何もしなくても、家って汚れていくのよね。特にリビングは人が集まる場所だから……】

マーサは思いっきり手を伸ばしているけれど、そのちょっと上にある汚れになかなか届かない。

【脚立がいるかしら……】

呟きながら爪先立っているマーサを見るに見かねて、アルは傍に飛んでいった。雑巾を鼻先に引っかけて、手が届かなかった部分を擦ってやる。綺麗になったので、雑巾を落として返し、カーテンの途中、低い位置に逆さまにぶら下がった。マーサは瞬きもせずにじっとアルを見ている。

【あなた、手伝ってくれたの？】

アルは「ギャッ」と応えてみた。

【すごいわ、返事までするのね！】

マーサはアルに近づいてくると、優しく触れてきた。そろそろと撫でてくれる。そのお礼にアルは鼻先をマーサの皺だらけの小さな指の先に、スンスンと甘えるように擦りつけた。

【あら、可愛い】

可愛いと言われて、悪い気はしない。アルの経験上、男の人よりも、女の人の方が自分を可愛いと言ってくれる割合が高い。好感度を上げるため、小首を傾げて「キュウ」と甘めの声で鳴いてみた。

【この蝙蝠、本当に人の言っていることがわかるみたい】

マーサが頬を押さえて呟く。アルは理解していると証明するために、大きく頷いてみせた。マーサはそんなアルの顔を覗き込み、ニッコリと微笑んだ。

午後三時過ぎ、アルがぐったりとうつ伏せたままキッチンでマーサのお茶の相手をしていると【マーサ、マーサ】と暁の声が聞こえた。

【どうしたの、アキラ?】

朝からずっと留守にしていた御主人様が、キッチンに現れた。定番の黒いパンツと白いシャツ、その上に上着を着ている。

【アル……いや、俺の蝙蝠を知らないか? どこにもいな……】

暁は喋っている途中で、マーサの向かい、タオルの上でうつ伏せになっているアルに気づいた。

【……マーサ、俺の蝙蝠と何をしてるんだ?】

【お茶をしているの。この子ってとっても頭がいいのね】

アルはタオルの上から飛び立つと、暁の肩に乗った。これ見よがしに「ギューッ」とため息をついてみせる。

【その蝙蝠、人懐っこくてとてもお行儀がいいじゃない。しかもこんなに役に立つなんて思わなかったわ】

暁は首を傾げた。

【こいつが役に立つだって？】

【そうよ。掃除を手伝ってくれたの】

半信半疑の眼差しで「そうなのか？」と聞かれ、アルはコクコクと頷いた。正確に言うと、マーサに半ば強制的に手伝わされたのだ。

最初のうちこそ喜んで掃除の手伝いをしていたアルだったが、まさかマーサがこんなに蝙蝠使いが荒いとは思わなかった。アルは全身をモップで覆うというかっこ悪い姿で、背の低いマーサの手が届かない窓硝子の上でコロコロと数百回は転がり回った。

【すごい、すごいわ！】

喜んでもらえるのは嬉しかったが、時間が経つにつれて当然ながら疲れてきた。体が小さいので、窓拭きは全身運動になる。折に触れ「ギャッギャッ（疲れたよ）」と訴えてみるも、蝙蝠の言葉は通じない。結局、アルはリビングの窓を拭き終わるまでこき使われた。

暁は外から帰ってきたばかりだったのに、アルを連れてガレージに置いてあるＢＭＷに乗り込んだ。再び出かける雰囲気だが、アルが「ギャッギャッ？（どこに行くの？）」と聞いても、何も教えてくれなかった。

十分ほど車を走らせたあと、暁は海沿いにある小さな一軒家の前に車を止めた。柵や庭は手入れされているが、どことなく殺風景だ。暁は鍵を使って家のドアを開けた。リビングにはソファーセット、二階の個室には備えつけのクローゼットやベッドなんかがあるけど、人が生活している気配はない。ネブラスカの実家に比べたら小さく、日本にある暁の部屋よりは大きくて、夫婦と子供一人が暮らすのにちょうどよさそうな間取りだ。

暁が鍵を持っているということは、リチャードの所有している家かもしれない。きちんとした家なのに、あの豪邸と比べてしまうと、こちらは物置小屋といった風情だ。

暁は家の中をぐるりと一周してから、外に出て鍵をかけた。ついでのように家の周囲の庭も歩いて回る。大きな通りから一本入った場所にあるので、周辺はとても静かだ。道も綺麗に舗装されているし、ゴミも落ちていない。治安がよさそうな場所だ。

空き家を一通り見たあと、暁は再び車に乗って屋敷に戻った。説明もされなかったので、何のためにあの家に連れていかれたのかわからない。アルは首を傾げるばかりだった。

夕方、人型になったアルは夕食を終えた暁に連れられて再び出かけることになった。

「いまから　どこ　いく？」

聞いてもやっぱり教えてくれない。黙々と車を運転するだけ。華やかな通りを走っていた車が、少し奥まった道に入り、あるゲートの前で止まった。

暁はサイドガラスを下ろして、ブースにいる男に何やらカードを提示する。チェックが終わるとカードは返され、ゲートが開いた。

中に入ると、巨大な建物が近づいてきた。『R2』と建物の側面に大きく書かれてある。何となく雰囲気でわかってはいたけれど、思わず「ここは　なに？」と聞いてしまった。

「ディックがプロデュースする最新作の撮影が行われているスタジオだ」

やっぱり撮影スタジオだ！　嬉しさのあまり息が止まりそうになる。暁は憧れのハリウッド、スターの集まる場所に連れてきてくれたのだ。

スタジオに入る前も、身分証らしきカードのチェックがある。暁は中近東系の受付嬢に二言、三言声をかけ、中に入っていった。受付嬢が自分を見ているのがわかり【ハイ】と声をかけると、向こうも微笑みながら【ハイ】と返してくれる。その一瞬だけでも物慣れた業界人になれたようで、気分は舞い上がった。

広いスタジオの中にはオフィスのセットが造られ、カメラと照明がセッティングされている。スタッフらしき数人が忙しく走り回り、怒鳴り声が飛び交う。日本のスタジオでのドラマ撮影は経験があるが、アメリカは全然違う。広くて豪華だ。

キョロキョロと辺りを見渡していたアルは、周囲の視線がこちらに注がれていることに気づいた。けれど自分にじゃない。みんな暁を見ている。わざわざ人を呼び止めて、暁を指さす人までいた。

周囲のスタッフがザワッと小さくざわめいた。背が高くて貫禄のある男と、リチャードがスタジオの中に入ってくる。暁はアルに「ついてこい」と声をかけ、二人に近づいていった。遠目ではわからなかったが、貫禄のある男はアカデミー賞の監督賞を受賞したことがあるフレンツ・ローだ。アルはフレンツ監督の『sea station』という映画が大好きだった。

フレンツ監督は、暁に気づいて【オーッ、アキラじゃないか！】と両手を広げた。暁も頬を強張らせながらフレンツ監督の抱擁を受ける。

【フレンツ。とても元気そうだな】

フレンツ監督は暁が噎せ返るほど激しく背中を叩いていた。

【この前会ったのは君がまだ学生の時だったたな。ようやく俳優をやってみる気になったのか？　もしその気があるなら、君を主人公にして脚本を書かせるよ】

下っ端俳優が百万回は夢みる言葉を、有名監督が喋っている。

【フレンツ、アキラのことは諦めてくれ】

リチャードが苦笑いし、フレンツ監督は気むずかしげな顔で【いいや！】と首を横に振った。

【アキラには才能がある！　一度だけ僕のフィルムに出演してもらったじゃないか。あの時に確信したんだ。これはリリー以上の逸材だとね】

暁がフレンツ監督の映画に出演したことがあるなんて初耳だ。

【出たのは台詞のない役だったからだ】

アカデミー賞監督に褒められても、暁は愛想程度にも笑わない。暁を見てニコニコしていたフレンツ監督が、ようやくその後ろに立っていたアルに気がついて【アキラ、彼は誰だい】と聞いてくれた。【俺の友人の、アルベルト・アーヴィングだ】と暁はフレンツ監督に紹介してくれる。

【こんにちは、アル】

アカデミー賞監督と握手を交わす。緊張してガチガチになったアルの顔を、フレンツ監督は興味深そうに下からじっと覗き込んできた。

【君、なかなかハンサムだね】

フレンツ監督に顔を褒められて気持ちがフワッと舞い上がる。

【アルは俳優なんだよ。日本で活躍してるんだ】

リチャードがアルに向かってウインクする。

【日本！　日本は僕も大好きだよ。食べ物が美味しいからね。けど君はどうしてアメリカじゃなく、日本で俳優をやろうと思ったんだい？】

少しだけ考えてから【好きな人がいるので……】とアルが本音混じりの微妙な嘘をつくと、フレンツ監督はニヤリと笑った。

アルはフレンツ監督の勧めで、映画のモブのシーンに急遽（きゅうきょ）、出演することが決まった。台詞も野次馬の【そうだ！】の一言だけだけど、あって嬉しかった。たとえワンシーン、観客の目からすればほんの一瞬でも、フレンツ監督は妥協しない。アルはフルメイクを施され、念入りにリハーサルさせられた。

ものすごく緊張して体は少々震えていたものの、１テイクでＯＫが出た。アルがセットの外に出るとほぼ同時に、現場はすぐさま次の撮影準備に入る。大道具、小道具が忙しく立ち働く。出演させてくれたお礼を言おうとフレンツ監督を捜していたら、スタジオの右隅で見つけた。リチャードと何やら立ち話をしている。

仕事の話をしている時に声をかけては邪魔になる。ちょっと離れた場所で聞き耳を立てつつ様子を窺う。ただの雑談のようだ。【ハイジャックだとわかった時は、本当に恐ろしかったよ】とリチャードはゆっくりと首を横に振った。

【何なら次の映画はハイジャックものにしてみるか？　いいシナリオライターを見つけたんだ】

フレンツ監督の冗談に、リチャードは【笑い事じゃないよ】と眉を顰めた。

【僕らは大変な迷惑を被ったんだ。エンジェルは女優を辞めた後も、教祖という役を永遠に演じるつもりなのかね】

リチャードの言葉に、フレンツ監督はパチリと指を鳴らした。

【なかなかの名言だ。……そういえばハイジャック事件の主犯はヘスターだったんだよな。二、三年前から姿を見なくなったと思ったら、宗教にのめり込んでいたなんて知らなかったよ。リチャード、君は同じプロデューサーとして彼と付き合いがあっただろう。犯人を見た時に、ヘスターだって気づかなかったのかい？】

リチャードは【ヘスターは乗客の前に姿を現さなかったんだ】と呟く。

【エンジェルは美人だったが、演技が上達しなかった。あれでは大成しないと思っていたよ】

フレンツ監督が女優、エンジェルを厳しく評する。

【正直、僕は女優だったエンジェルをあまり覚えてないんだ】

【俺もだよ。ただ……っと、これはいいか】

フレンツ監督は不自然に言葉を切った。

【何だ、言いかけてやめるなよ。気になるじゃないか】

リチャードがフレンツ監督の肩を軽く叩く。フレンツ監督は話をするかどうしようか迷っている風だったが、こう切り出した。

【こういうことをあえて君の耳に入れることもないかと思って今まで黙ってたんだが、やっぱり話をしておくよ。去年だったか一昨年(おととし)だったか、アシュレイ・ウォーカーって女優が自殺したのを覚えているか？】

リチャードは【いいや】と首を横に振る。

【美人で演技も悪くなかったが、高校のプロムクイーン止まりというかね。もう少し歳を取れば、味のある役者になったかもしれないと俺は思ってたんだが、まぁとにかく死んだんだ。うちのホームパーティにも来てたらしいが、俺は覚えてなかった。けどうちのかみさんはアシュレイが同じシカゴの出身だってことで、気が合ったらしくてね。一緒にランチをしたり、買い物なんかもしてたそうなんだ。だからアシュレイが死んだ時も葬式に行ってたんだが、そこにエンジェルも来てたらしい。ピースフルハウスのトレードマークの真っ白なドレスを着て「アシュレイを殺したのは、リチャードだ」って触れ回ってたそうなんだ】

リチャードは【えええっ】と声をあげ目を丸くした。

【どうして僕がその女優を殺すんだい？　顔も知らないのに】

フレンツ監督は苦笑いしていた。

【うちのかみさんも驚いてたよ。よくよく聞いてみれば、アシュレイはその頃、君がプロデュースする映画の端役を一方的に降ろされた上に、酷いことを言われた。それが自殺の引き金になったってことだったらしい】

アルの頭の中で、パズルのピースが組み合わさっていく。アシュレイは自殺ではなく、殺された。殺したのはジラフだが、その後、犯行を隠すために自殺に見せかけた。エンジェルは万が一にも殺人だと疑われないようにわざわざ葬式に行き、自殺の理由を、リチャードに映画の端役を降ろされたせいだと吹聴して回ったのだ。悪知恵が働く女だ。

【一度キャスティングした役者は、体調不良か本人の素行に問題がない限り変えたりしないよ。僕自身、役者をしていたから、途中で役を降ろされる辛さは身に染みてわかっている】

リチャードの声は凛としていた。

【仮に降板させていたとしたら、それは演技以外で本人自身に問題があった場合だ】

フレンツ監督は【そうだ】と相槌を打った。

【俺たちは役ができる人間を探しているだけだ。その後の人生まで背負う必要はない】

アルがフォローするまでもなく、リチャードもフレンツ監督もわかっている。二人の話を頷きながら聞いていると、暁がスタジオに入ってくるのが見えた。自分を連れてきてくれたものの、こういった場所は苦手らしく、ずっと外に出ていたのだ。暁は周囲を見渡し、アルを見つけると、まっすぐこちらへ向かってきた。

「終わったか？」

アルが頷くと「帰るぞ」と宣言された。

「もう？」

たとえ自分が出なくてもあとワンシーンぐらい撮影を見ていきたかったけど、暁に「これから約束があるんだ」と先制されてしまうと、我が儘も言えない。リチャードとフレンツ監督に挨拶だけして、アルは後ろ髪を引かれながらスタジオを後にした。未練はあるものの、暁がいなければフレンツ監督に会うことや、名前を覚えてもらうこと、端役で出演することもきっとなかった。あの映画の仕上がりが今から楽しみだ。これは一生の思い出になる。

「あきら　ありがとう」

ＢＭＷの助手席で、アルは暁に礼を言った。

「えいが　でて　うれしい」

暁は無言だった。車のサイドガラスを開けているので、癖のある黒い髪が大きくなびく。俳優になる気もなければ、映画にも興味がない。そんな暁がきっと自分のためだけにスタジオへと出向いてくれたのだ。そして下っ端の役者が声をかけるのも恐れ多い有名映画監督に紹介してくれた。そんな風に気を遣ってもらえるのが嬉しい。自分を尊重し、大事にしてもらっている気がして、とても気分がよかった。

車は街から離れて、街灯もまばらなどことなく寂しい通りに入っていった。犬の遠吠えがどこかから響いてくる。

「どこ　いってる？」

聞いても、返事をしてくれない。スタジオを出る前に「約束がある」と言っていた。どんな約束なのか、相手は男なのか女なのかもわからない。

交差点でもないのに暁が右にウインカーを出して、駐車場らしき場所に車を乗り入れた。建物の傍にある看板を見て、アルはギョッとした。そこには『ローズフューネラルホーム』と書かれてある。葬儀屋だ。

「ここ　なに？」

サイドブレーキを引いていた暁から「人に会う」と返事がある。

「ともだち？」

暁は少し間を置いたあとで「そうだ」と答えた。暁の友達は、忽滑谷（ぬかりや）と酒入、あとエンバーミング施設の人たちしか知らない。けどよくよく考えてみれば、暁は葬儀大学に行くためにアメリカに来ていた。もし大学で友達ができていたら、その人の実家が葬儀屋である確率は高い。

葬儀屋の玄関に回り、暁がドアチャイムを鳴らす。せっかちな暁は、相手が気づいて玄関にやってくる間も待てずに、立て続けに三回押した。ドッドッと建物の内側から足音が近づいてきて、確認もなくドアが大きく開いた。

そこに立っていたのは日本のお坊さんぐらいつるつるに頭を剃り上げた男だった。三十前後の白人で、瞳は緑色。Tシャツの上にパーカーをはおり、下はジーンズだ。痩せて細身で、鼻の周りには無数のそばかすが散っている。「にゃあ」と鳴き声がして下を見ると、真っ黒で金色の目をした猫が、口を大きく開けてもう一度鳴いた。

【……その頭はどうしたんだ?】

暁は社交辞令の挨拶や前置きの一言もなく、おもむろにそこへ切り込んだ。

【寝ている間に、彼氏に髪を切られた。頭がおかしい奴だったから】

声を聞いてアルはひっくり返りそうになった。このつるつる頭は女の人だ。

【あのクソ野郎は警察に突き出してやった。どうにもならないから髪は剃り上げたけど】

【付き合ってた男は、確かプロレスラーだったな】

つるつる頭の彼女が【はあ?】と鼻から抜けるような声をあげた。

【あんたは何世紀前の話をしてるの。プロレスラーなんかとっくに別れてるわ】

二人の間に短い沈黙が落ちる。アルは自己紹介した方がいいだろうなと思いつつ、二人の会話のテンポが読めず、タイミングを逸していた。

【とにかく久しぶりだな】

【……この前も電話で話をしたじゃない】

面白いぐらい話が続かない。暁が話題を振っても、つるつる頭の彼女は会話を叩き落としていく。友達だと言っていたが、本当は嫌われているんじゃないかと疑ってしまうほどだ。

【会うのは八年ぶりか】

【それぐらいかもね】

【元気そうだな】

【あんたは相変わらず雰囲気が暗いわね。まぁいいわ。入って】

玄関先での乾いた攻防が終結し、ようやく家の中へと通される。自宅と葬祭場を兼ねているらしく、入ってすぐは吹き抜けの大きなフロアになっている。そこが奥の広い部屋にも続いている。少人数の葬式なら十分にここでできそうだ。

フロアの左手のドアを開けると、広い廊下があった。廊下の壁にはいくつかドアがある。一番奥にあるドアの向こうが、こぢんまりとしたリビングになっていた。窓際には古ぼけたゴブラン織りのカバーがかけられたソファセットがあり、その上には書類や鞄、ピザの箱が積み上げられ雑然としている。お世辞にも綺麗だとはいえなかったので、ここは自宅のエリアなんだろう。アルと暁はソファに座るように勧められたものの、ふんぞりかえる黒猫や荷物を寄せて居場所を開拓してからでないと、腰を落ち着けることはできなかった。

ソファの前にある傷だらけのコーヒーテーブルの上には、食べかけのピザとフレンチフライ、飲みかけのコーラがある。

つるつる頭の彼女はリビングの奥に入っていった。L字形の構造で、一番奥にキッチンがあるタイプだ。ビールを二本手に戻ってくると、暁とアルに一本ずつ差し出してくる。

【どうぞ。ピザも食べる？　私の食べかけだけど】

【俺たちは夕食を済ませてきてる、気にするな。車で来てるから、酒もいらない。……アル、こいつはパトリシア・スチュアート。俺の葬儀大学の同級生だ】

【こんにちは、パトリシア。僕はアルベルト・アーヴィングです】

アルが右手を差し出すと、パトリシアはニッコリと微笑んで握り返してくれた。つるつる頭のインパクトが強くて正直尻込みしていたが、笑顔は可愛らしい。そばかすもチャーミングだ。

【こちらこそよろしく、アル。私のことはパットって呼んで】

手を握り返す指の力が強いな、どうしたんだろうと思っていると、掴まれた手をパットに引っ張られた。アルはコーヒーテーブルの上に大きく身を乗り出し、あやうく食べかけのピザの上に左手をつくところだった。

パットは引き寄せたアルの顔をじっと見つめた。

【すっごくハンサム。前々からアキラはゲイじゃないかって思ってたのよ】

パットは最初から決めつけてかかった。

【俺とアルはそういう関係じゃない】

無愛想に軽く苛立ちを上乗せした声で、暁は否定する。

【おまけに相当の面食いじゃない。感じ悪いわね……あぁ、アル、あなたが嫌ってわけじゃないの。あくまでアキラの趣味の話だから】

パットは話を聞いちゃいない。手が解放されて、アルはようやくソファに戻ることができた。暁もちょっと変わってるなと思っていたけれど、友達のパットも率直、かつかなり個性が強い。

パットはコーヒーテーブルの上の煙草を手に取り、大きく足を組み替えた。火をつけてスパーッと勢いよく煙を吐き出す。

【あぁ、思い出した。葬儀大学に通ってた頃、アキラってすっごくもてたのよね。エンバーミングした男性の未亡人にも誘惑されてたでしょ。けどどんな美男、美女が言い寄ってもまったく相手にしなかった。私なんか実習のパートナーだったってだけで、彼女じゃないかって邪推されて、他の女から意地悪されて割に合わないったらなかった】

【そうだったのか?】

暁が驚いた表情を見せる。

【知らなかった? けど私の彼氏が悪役プロレスラーだって知れ渡ったら、誰も手を出してこなくなったわ】

【悪かったな。気づかなかった】

真顔で謝る暁を見て、パットは煙を吐き出しながら、フフフと笑った。

【あんたってそういうことに関して壊滅的に鈍かったものね。まぁ、あの頃のことはどうでもいいの。過ぎたことだし】

パットはピザを手に取り、口に運んだ。豪快に頬張る。

【先に食べさせてね。今日は朝から立て続けに仕事が入って、昼もろくに食べてなくてお腹が減ってるの】

指についたトマトソースを、猫さながらぺろりと舐める。野性味溢れるパットは、残っていたピザをガツガツ平らげ【さあて、本題に取りかかるとしますか】とアルを見た。

その顔がスイッチを切り替えたように真剣になる。

【アキラはね、アル……あなたのことを吸血鬼だって言ってるの】

息を吞んだ。自分が吸血鬼なのは、暁と忽滑谷しか知らない秘密事項。それをなぜ、このつるつる頭の友達にばらしたのか理解できない。

【それもできそこないの吸血鬼で、昼間は蝙蝠で夜しか人間になれないってね】

【全て事実だ】

暁は硬い表情で口にする。

【俺も最初は信じられなかった】

パットはため息をつくと、呆れた素振りで両手を大きく広げた。

【私はね、数年ぶりに懐かしい友達から連絡をもらって嬉しかったの。学生時代の思い出話ができるって楽しみにしてたら、いきなり「吸血鬼の世話をしてほしい」って言われたのよ。完全にいかれちゃってるじゃない。アキラってリアリストだと思っていたのに、まさかこんなことになるなんて】

【本当なんだ、パット。俺がお前に嘘をついたことがあるか】

パットは腕組みをしたまま眉を顰め、【ないわね】と答えた。

【あなたは嘘をついたりしない真面目な男だけど、これぱっかりは百人が百人信じないと思う】

【本当にアルは吸血鬼なんだ。夜が明けたらちゃんと蝙蝠になる】

パットは壁の時計を見上げた。

【朝までって、あと何時間あると思ってるのよ。それに明日も仕事が詰まっているから、妄想に付き合っている暇はないの】

【蝙蝠になるのは本当だし、どんなに怪我をしても死ななくて、血を飲めば治るんだ】

必死な暁を横目にパットが【フーン】と鼻を鳴らす。

【じゃあ怪我をしても治るってやつを実証して見せてよ】

【怪我は駄目だ。死なないだけで、痛覚はある】

【怪我をしたって血を飲めば治るんでしょう。それなら痛いのも一瞬じゃない】

パットが【ベス！】と声をあげると、部屋の隅で丸まっていた黒猫が近づいてきた。

パットは抱き上げた猫を【ちょっと抱いてみて】とアルに差し出した。猫が落ちてしまいそうで、慌てて両手を伸ばす。すると抱いた瞬間、猫は「ウニャアアアッ！」と鳴いてアルの手の甲をガリガリと引っ掻いた。

【うわあああっ】

アルが手を離すと、猫はスタッと床に着地して一目散に逃げていった。

【あの子、人に触られるのが嫌いで、私以外の人が抱くと大暴れするの】

パットは悪びれた風もなく言ってのける。それなら先に話しといてくれよ……と思いつつ手の甲を見ると、猫に引っ掻かれた傷は三本線の筋になり、血が滲んでいた。するとパットはアルの手首を摑んで、夕食の残骸が残るテーブルの上に晒した。

【はやく傷を治してみてちょうだい】

猫をけしかけたのはこのためだったんだとようやく悟った。パットはここでデモンストレーションをしろというのだ。暁は「……たく」と呟いて舌打ちすると、自分の左の手首を無造作に引っ掻いた。赤くなったそこから、血が滲んでくる。

【ほら、飲め】

アルは震えながら首を横に振った。

【いっ、嫌だっ】

どうしてここまでしてパットに吸血鬼だと証明しないといけないのかわからない。

【嫌だじゃない、飲め。血が固まるだろうが!】

逃げたくても、両手首はパットに摑まれている。その上、唇に血の滲む手首を押しつけられる。それは蜜を唇に塗りつけておいて、舐めるなと言われているも同然だった。

【早くしろ!】

激しく叱られた上に甘い匂いに誘われて、アルは滲む血に口をつけた。濃厚で甘美な液体が喉許を下り、手の甲の痛みがスッと引いていく。暁の血は、前と違ってちょっと不思議な味になっている。輸血をしたせいかもしれない。

痛みがなくなっても、ペロペロと暁の手を舐めていると、両手首をぐっと前面に引っ張られた。パットが手の甲をじっと見ている。

【……信じられない……】

さっき猫に掻かれた傷は、綺麗さっぱりなくなっていた。パットがアルの手の甲を何度も擦り上げる。そんなことをしても、傷は浮かび上がってきたりしないのに……。

【これってどういうこと？】

【吸血鬼だからだ】

暁は重々しく答える。

【嘘よ。マジックに決まってる。種明かしをしてよ】

【わざわざ日本から来て、マジックなんかでお前を騙して何になる。今、その目で見たのが真実だ】

パットはグッと眉間に皺を寄せると、アルの手の甲を乱暴に叩いた。【痛い、痛い】と言ってもやめてくれない。容赦がない。

【絶対にマジックでしょ。認めなさいよ】

納得しないパットに焦れてきたのか、暁は【お前がそう思うなら、もうマジックでも何でもいい】と身も蓋もないことを言い出した。

【壮大なマジックで、こいつは日の出と共に蝙蝠になって、日の入りと共に人間になる。

それだけ理解しろ】

真剣極まりない暁をパットはじっと見つめた。

【理解しろって言われてもねぇ】

パットの口許が妙な具合に歪んだかと思うと、不意に大口を開けてケタケタと笑い出した。

【笑いごとじゃない、こっちは真剣なんだ】

必死な暁を横目に思う存分笑ったあと、パットは目尻に滲んだ笑いの名残を指先で拭った。

【あーおかしかった。そうね、マジックでも、スリルとハッピーに満ちた人生は大歓迎よ。あなたの連れてきたマジシャン、うちで雇ってあげる】

アルは首を傾げた。なぜパットに面倒を見てもらわないといけないんだろう。もうすぐ日本に帰るのに……。

【こいつの食料は血だ。週一のペースで百オンス（約三リットル）ぐらいやればいい。一回分のエンバーミングで出る廃液で十分だ。血は飲むが、人は襲わない。できそこないだから、牙がないんだ】

足許から、じりじりと不安が迫り上がってくる。まさか、まさか……と思っていると、パットと目が合った。にっこり微笑まれる。

【うちは忙しいわよ。覚悟しておいて】

アルは暁に振り向いた。

【……どういうことだよ】

声が震える。暁はこちらを見ずに答えた。

【お前を日本には連れて帰らない。ここで働くんだ】

予測していた最悪の答えを【嫌だっ】とはねのけた。そうするとようやく暁がこちらを、アルを見た。

【お前はLAで暮らすんだ。昼間は好きにして、夜はパットのフューネラルホームで働け。食料も十分もらえるし、バイト代だって出る】

【いっ、嫌だっ、絶対に嫌だ】

首を横に振っているのに、暁は淡々と続けた。

【昼間、見に行った家があっただろう。お前はあそこに住むんだ。俺が購入した物件で、税金諸々（もろもろ）の管理はディックの秘書がやってくれる。光熱費や維持費はバイト代から払える分だけ払え。足りない分は俺がどうにかしてやる】

【僕は暁と一緒に日本に帰りたい】

【駄目だと言ってるだろう！】

怒鳴られて、アルはビクリと震えた。

【お前はアメリカにいた方がいいんだ。言葉も通じるし、親にだって会おうと思えば会いに行ける。家があって、仕事があって、食事にも事欠かない。何も不満はないだろう。俳優業がやりたければ、ディックに話をつけておいてやる。お前みたいな下手くそは、端役がせいぜいだろうがな】

確かに暁の言う通りだ。不満を言えば神様に怒られる。もしこれが日本に行ってすぐの頃なら迷いはなかった。自分は喜んでここに残っただろう。けど今は状況が違う。

【僕は暁が好き。だから……】

【甘えたことを言ってるんじゃない!】

愛の告白なのに、なぜか叱られた。

【甘えてない。僕は暁を愛している。だから傍にいたい、一緒にいたいんだよ】

ねえちょっと、とパットが口を挟んできた。ソファに片膝をたて、だるそうに小指で耳の穴を掻いている。

【マジシャンの吸血鬼を預かるのは別にいいのよ。面白そうだし、バイトは募集しようと思ってたとこだしね。けど当の本人が何も知らされてないってどういうこと?】

【こいつに話をすると、ややこしくなるからだ】

するとパットは【ふざけないでよ】と空になったビール缶を投げつけてきた。暁は慌てて右にひょいと避ける。空き缶は壁にぶつかってカラカラとソファの下に転がり込んだ。

【あんたらの間で話がついてないせいで、うちでギャアギャア騒がれるのってすっごい迷惑なんだけど】

もっともなパットの言い分に、暁が黙り込む。

【あんたたちの話はね、どっからどう見てもゲイの痴話喧嘩にしか聞こえないのよ。自分の使い古した男を私に押しつけないでくれる】

結局、話し合いはそこで中断し【もう眠たいから】と言うパットに家から追い出された。帰りの車に乗り込むと同時にアルは怒鳴った。

「あきら　ひどい！」

車のエンジンをかけると、暁は無表情のまま乱暴に発進させた。

「ぼく　すてる　きちく！」

暁がクルッと振り向いた。

「何が鬼畜だ！　人聞きの悪いことを言うな。捨て猫みたいに道端に放り出すわけじゃないんだ。それにもともとお前はこっちの人間だろうが」

アルはぐっと唇を噛んだ。

「ぼく　にほんすき　にほんがいい」

「お前はアメリカ人だから、こっちにいた方が日本にいるよりも目立たないいんだよ」

「ぼくのこと　ぼくきめる！」

「お前は感情ばかりが先に立って、先のことが全然見えてない。だから俺が決めてやってるんじゃないか！」

「それ　ぼく　たのむない！」

怒鳴る暁に、アルも怒鳴って応戦した。

「いえ　しごと　ぼく　たのむない！」

前を走っていた車が急ブレーキをかける。暁も慌ててブレーキを踏んだ。ぶつかる寸前で止まったものの、体は大きく前後に揺さぶられた。暁は「クソッ」と吐き捨てる。

「運転中に話しかけるな！」

怒られて、アルはムッと口を閉じた。今日、暁本人は少しも興味がないスタジオに連れていってくれたのも、自分を置いていくと告白する前に、少しでも機嫌をとるためだったのかと思うと、余計に腹が立ってきた。アメリカでのロケについてきたのも、ＬＡに来たのも、最初から自分を置いていく計画をした上だったのだ。

リチャードの豪邸に戻ってくる。車がガレージに入り、暁がエンジンを切ると同時に、アルは堰（せき）を切ったように喋りだした。運転中に話しかけるなと言われていたから、車が止まるまで我慢していたのだ。

「あきら　ずるい！」

「何がずるいだ」

暁も刺々しく返してくる。

「ぼくに　はなし　しない」

「話したら嫌がるのがわかっていたからだ」

わかっていて、このやり方を選んだのだ。

「ぼく　あきらがすき　あいしてる　しつこい　いった」

「お前はアメリカに残った方がいいんだ。こっちにはキエフもいる。あいつに頼めば、吸血鬼仲間の一人や二人、すぐできるだろう」

「ぼくの　きもち！」

アルは自分の、鼓動していない心臓を押さえた。

「あきらがすき　おもう　ぼくの　きもち」

「俺のことなんか、そのうち忘れる」

「わすれる　ない！」

「俺は忘れる」

暁の放った一言で、アルは目の前が黒いカーテンでザッと覆われた気がした。

「お前をアメリカに置いて帰ったら、全部忘れる。だからお前も忘れろ」

「いっ　いやっ」

アルは首を横に振った。

「俺は吸血鬼がどれぐらい生きて、どういうコミュニティが形成されているのか知らん。キエフはわりとしっかりした縦横の繋がりがあると言っていた。お前もそういう仲間と仲良くすればいい」

「いやっ」

首を振って拒絶すると、いきなり胸ぐらを摑まれた。

「馬鹿の一つ覚えみたいに嫌ばっかり言ってないで、俺の話をその薄っぺらい脳味噌に叩きこめ。俺は死ぬ。人間だから、寿命がきたら死ぬ。けどお前は俺より長生きするんだ。それが百年かそれ以上もっとか知らんけどな。それだけ長生きするお前の傍にいるのは、同じ仲間の方がいい。アメリカにいれば、沢山の仲間がいるんだろう。一緒にいる相手は、仲間から選べ。そうすれば残されて寂しいなんて思いをすることもない」

足許から、恐怖とも寒けともつかぬものが駆け上がってきた。暁は死ぬ。人間だからいつか死ぬ。そんなこと言われなくてもわかっていた。いや、自分はわかっていたんだろうか。日本に来てからの毎日は騒がしくて、楽しかった。

愛する人を吸血鬼にしそこねたキエフの話を思い出す。暁がもし明日、死んでしまったら？　急な病気、それとも事故で。可能性がないわけではない。

暁が死んでしまう。この世からいなくなる……想像しただけで、両目からボロボロと涙が溢れてきた。そんなのは嫌だ。絶対に嫌だ。いっそ今ここで暁を吸血鬼にしてしまおうか。動けないように押さえつけて、死んでしまうまで血を吸うのだ。自分は中途半端な吸血鬼だから、暁は自分よりももっともっと中途半端な吸血鬼になってしまうかもしれない。それでもいい。長生きするならいい。

遺体はどこか……そうだ、あの買ってくれた家に隠せばいい。自分は亡骸(なきがら)の傍らで、暁が吸血鬼になって復活するのをひたすら待っていればいいのだ。

妄想するだけ。そんなことができるわけもない。暁の気持ちも確かめずに吸血鬼にしたら、怒られるどころじゃない。軽蔑されて、二度と口をきいてもらえなくなるかもしれない。

「さびしい　へいき！」

アルは胸を張った。

「ぼく　さびしい　へいき　そばにいる」

後でどんなに泣き暮らすことになっても、百万回ぐらい後悔することになっても、離れたくない。

「あきら　しぬとき　ぼく　そばにいる」

「嘘つけ」

暁は俯き、右手で鳥の巣みたいな頭を掻き回した。

「俺は歳を取る。十年すればもっとふけるし、三十年経てば立派な爺さんだ。けどお前はずっと変わらないんだろう。俺は歳を取ることを否定しない。それは当然のこと、自然の摂理だ。だからもし俺が誰かと暮らすとしたら、自分と同じように歳を取っていく人間にする」

「きゅうけつき　さべつ！」

口にした途端、暁の拳骨がこめかみに飛んできた。

「何が差別だ！　俺を苛立たせることに関して、お前は天才的だな」

口が出る手が出る大喧嘩の渦中で、コンコンとサイドガラスがノックされる。振り向くと、スタンが戸惑いを浮かべた表情でこちらを覗き込んでいた。アルは慌ててドアを開けた。

【外を歩いてたら、大きな声が聞こえてきてね。……いったいどうしたんだい】

暁はスタンを見もしないし、何も言わない。

【ちょっとその、喧嘩を……】

仕方がないので、アルはモゴモゴと状況を説明する。

【夜も遅いし、家の中に入らないかい。マーサも君たちは帰ってきたはずなのに、どうして家の中に入って来ないんだろうって気にしていたよ。僕はまあ……色々な可能性を考慮して、心配ないんじゃないかって言っておいたけど】

暁は激しくハンドルを叩いてアルとスタンをビクつかせたあと、車の外に出た。先にガレージの奥から家の中に入っていく。取り残されたこと、強い拒絶に、ズンと気持ちが沈み込む。

【派手な喧嘩だったね。怒鳴り合ってたあれは日本語？　何を言っているのかまったくわからなかったよ】

スタンは俯き加減のアルに話しかけてきた。

【喧嘩はいつもしてる。今日のは酷い。けどこれは暁が悪い】

家や仕事を用意して、さあ満足だろうと暁は言う。それは違う。家がなくても、仕事がなくてもいいから、自分は愛する人と一緒にいたい。

屋敷のリビングに足を踏み入れると、マーサがソファに腰掛けてお茶を飲んでいた。

【アキラの機嫌がすごく悪いの。ろくに返事もしないのよ】とぼやいていた。

【ごめんなさい。きっと僕と喧嘩したからだ】

マーサに謝り、アルが二階の部屋に戻ろうとすると、スタンが【もう部屋に行くの？】と声をかけてきた。

【うん……】

【少し間を置いたら？　お互い一人で考える時間が必要なんじゃないかな。そうすればもっと冷静に話し合えるかもしれないよ】

確かにこのまま部屋へ行けば、怒鳴り合いの続きになるのは目に見えている。アルは、スタンの勧めに応じてリビングで少し頭を冷やすことにした。

【あんなに機嫌の悪いアキラ、初めて見たわ】

マーサがため息をつく。

【三十を過ぎてからの反抗期なんて、タチが悪いったらありゃしない。……まぁ、ちょっと可愛らしかったけど】

あの不機嫌全開の暁を目の当たりにして、可愛いと言うマーサも相当なものだ。

【可愛いかなあ。僕は怖かったよ。しかも日本語で怒鳴ってたから、何を言っているのかちっともわからなかったし】

スタンは苦笑いする。

【喧嘩して拗ねてるなんて可愛いじゃない。スタンは知らないでしょうけど、あれでも昔に比べたら、随分とよく喋るようになったのよ。ほら、猫でも愛想のない子が懐いてきたら、何倍も可愛いみたいな】

暁を猫と同列に扱うマーサは、遠慮なく続けた。

【あの子がこの屋敷に住みはじめた時は、もう十年以上前になるけど、ディックが幽霊を連れてきたのかと思ったものよ。リリーにそっくりな顔で、部屋の中をぼーっと歩き回ったりしてたしね。英語も得意じゃなかったから、朝の挨拶ぐらいしか喋らなかったし。それに何て言ったらいいのかしら……最初の頃は、私たちを警戒していたような感じだったの。それでも部屋の掃除やお洗濯をすると、そのたびにちゃんとお礼を言ってくれるから、根はいい子だってわかっていたわ。そうやって一緒に暮らすうちに、ディックと私に慣れてきたのか、うち解けてくれたわ】

マーサはお茶をもう一口飲んだ。

【私は夫に先立たれて子供もいないし、ディックも結婚するつもりはなくて、アキラは私たちにとって息子や孫みたいなものなのよ。アキラには身寄りもいないんだし、ディックが勧めるように養子になればいいのに、どうしてもうんって言わないのよね】

マーサに暁の昔話を聞いているうちに、夜の零時を過ぎた。スタンは【ゲストルームは他にもあるよ】と気を遣ってくれたが、嫌な思いをしても今は離れていない方がいい気がした。

部屋に戻ると、中は真っ暗だった。フットライトすらついてない。いくら夜目が利くといっても、暗闇の中をゴソゴソと動き回るのもどうかと、ベッドから遠くにあるスタンドライトを一つだけつけた。暁は広いベッドの端で頭からシーツをかぶり、みの虫のように丸くなっている。

暁の傍に腰を下ろすと、ベッドが鈍く軋んだ。シーツの丸みが僅かに揺れる。じっと背中を見つめても、かける言葉が見つからない。愛している、好きだと何回も言った。

それはきっと暁もわかっている。

一緒にいたいと望むことが、甘えと言われてもいい。後で泣くほど悲しい思いをしても傍にいたい。アルは丸まったシーツをそっと撫でた。子供を寝かしつける風に、何度も何度も優しく。

「……俺に触るな」

くぐもった声で拒絶される。無視して続けていると、シーツが大きくまくれ上がり、暁が上半身を起こした。

「さっさと寝ろ！」

アルがベッドに上がろうとしたら、まるで犬を追い払うように「あっちへ行け！」と右手で払われた。それでも横に陣取ると、暁の寝場所は格段に狭くなった。苛立ちもあらわに鼻を鳴らしながら横にずれた暁は、これ見よがしにアルに背中を向けた。

「ぼく　きゅうけつき　だから　だめ？」

意固地な背中に聞いてみた。

「にんげんなら　いい？」

返事をしてくれない。

「にんげんなら　ぼく　すてない？」

「……捨てる、捨てないの問題じゃない。お前はこっちで暮らす方がいいんだ」

「ぼく　あきらと　いる」

アルは暁と同じシーツの中に潜り込んで、背中にぴったりと、サルの子供みたいにくっついた。

「ぼく　いきかた　ぼく　えらぶ」

偶然に偶然が重なって、暁のもとに辿(たど)り着いた。最初はどこにも行けなかったけれど、今は自分で居場所を選ぶことができる。

「ぼく　すてないで」

アルは温かい背中に懇願した。

「おいていく　しないで」

口にするたびに、切なさがズンズンと込み上げてくる。自分で自分が可哀想(かわいそう)になり、涙が出てきた。グズグズ泣いていると、暁がいきなり寝返りを打った。

「泣くな。背中が濡れる」

スタンドライトの明かりで、部屋の中は真っ暗ではなかった。正面から向かい合った暁の顔がよく見える。

「だいたい……」

何か言いかけた暁に、アルは正面から抱きついた。

「おっ、おいっ！」

暁の声が慌てたように裏返る。

「離れろっ」

頭を殴られても、髪を引っ張られても、耳をつねられても我慢した。じっと耐えているうちに、暁も抗うのが面倒くさくなったのか、ため息をついておとなしくなった。アルはゆっくりと顔を上げた。不機嫌極まりない黒い瞳が、自分を睨んでいる。アルはそんな暁の頰を押さえてキスした。

「すき」

好きと口にするたび、それとセットにしてキスした。十回ぐらいキスしてから抱き締めると、体の中に不思議な感覚が湧き上がってきた。暁のことはとても好きで、ずっと傍にいたいと思っていたけれど、こういった衝動を覚えたのは初めてだった。

欲望といってしまうには躊躇する。でもそうとしか思えない。甘く熱く胸が昂ってくる。アルは唇ではなく首筋にキスした。舌を這わせると、暁の体が小さく震えるのがわかった。このまま、このままなし崩しにセックスしたら……と考える。体の関係ができたら、きっと暁は自分を捨てられなくなる。もとから情は深い人だから……。

暁が寝間着がわりにしているスウェットのウエストから手を入れると「お前、何してる」と耳許で尖った声が聞こえた。

「さっ　さわる？」

日本語はニュアンスが難しい。しかも色っぽい場面は初めてだ。正しい言葉の使い方がわからない。

「誰がそんなことをしていいと言った」

確かに暁の許可はもらってない。

「さわる　いい？」

「駄目だ」

アルは暁のスウェットのウエストを摑んだまま、唇を嚙んだ。

「ぼく　あきらと……」

ふと、あの言葉が脳裏を過ぎった。

「あきらと　にゃんにゃん　したい」

暁がぽかんと口を開ける。呆気にとられた顔だ。酒入の知り合いが「にゃんにゃん」はエッチだと教えてくれたけど、もしかしたら英語でいうところの「ファック」に相当する少々品のない言葉だったのかもしれない。

青くなるアルをよそに、暁は目を細めてクッと笑った。腹が小刻みに震え、そのうち腹筋がうねる大笑いになった。

「おっ、お前、どこでそんな言葉を覚えたんだ」

「えっと　その　さかいりの　ともだち？」

ったく、と暁は頭を掻いた。

「あいつはろくなことを教えやしない」

暁の声は、笑いの余韻が残って柔らかい。

「……本当、どうしようもない奴らだ」

暁はフッと鼻先で笑い、アルの額を指先で弾いた。……ちょっと痛い。

「お前、そんなに俺とセックスしたいのか？」

飾りのない、ストレートな言葉。ここで躊躇っていたら、勢いに乗れない気がして「うん」と答えた。

「じゃあいいぞ」

自分の耳がおかしくなったのかと思った。もしくは幻聴？　触るなと怒っていた男が、してもいいと言ったのだ。アルは自分で自分の頬を叩いてみた。……痛い。

「ほんとう　いい？」

「二度も三度も言わせるな。ベッドから蹴り落とすぞ」

色気や雰囲気は微塵（みじん）もなかったけれど、お許しは出た。アルはベッドの上で正座をし、暁の前で三つ指をついて「いただきます」と頭を下げた。

「……何だそれは」

暁の目が不機嫌に細められる。

「おっ　おさほう」

日本の決まり事をすませてから、いざ挑もうとするアルに、暁は人差し指を突きつけた。

「最初に言っておくが、アナルはなしだ。俺は突っ込む気も突っ込まれる気もないからな」


目が覚めた。部屋の中は、薄暗く、くすんだ藍色をしている。アルは、少し体を起こして周囲を見た。暁は全裸で、ヘッドボードに背中を凭せかけ、あぐらをかいて座っていた。表情はぼんやりとしていて、黒い瞳は何もない壁をじっと見つめている。

アルが剝き出しの太股に触れると、暁はようやくこちらを向いてくれた。

「……何だ」

上半身を起こしてキスした。唇の感触が柔らかくて気持ちよくて、胸の中がほわほわとあったかくなる。ずっとキスしていたい。これまで女の子との経験はそこそこあったものの、男の人は初めてだった。すごく緊張したけれど、かつてこれほど満たされたセックスを経験したことはなかった。触っているだけで指が震えるぐらい嬉しくて、暁の押し殺した声を聞いた時は変な話、感動してしまった。

蝙蝠の時のように鼻先を首筋に押しつける。暁の手が自分の背中にまわり、撫でる形で優しく動く。愛情に満ちた仕草に、今更ながら感激する。恋人という立ち位置がこんなに、溢れるほど幸せなものだとは思わなかった。訳もなく、世界中の人にありがとうを言いたくなる。

「……お前の体は冷たいな」

背中を撫でていた優しい指が止まる。

「あっためて」

暁の膝の上に乗り上がり、ぎゅっと抱きついたら「いい加減にしろ」と頭を叩かれた。

「あきら」

アルは両手で暁の頬を押さえた。

「ぜったい　つれて　かえって」

喋りながらキスした。

「おいていく　しないで」

返事がないことに不安を覚えて「ぜったい　やくそく　して」と肩を揺さぶる。暁は目を細め、笑うような表情で「ああ」と答えた。

アルは暁を力いっぱい抱き締めた。これで大丈夫だ。ちゃんと約束してくれた。もう一度キスしたくて顔を近づけたところで、体の変化が始まった。全身がカッと燃えるみたいに熱くなり、キスする寸前だった暁の顔がどんどん遠くなっていく……。

そしていつもの、蝙蝠の姿になった。

「ギャッギャッ（愛してるよ）」

蝙蝠になっても、好きだと訴える。シーツの上で腹這いになって、必死で訴える。そんな自分を、暁は感情の読めない黒い瞳でじっと見下ろしていた。


暁は夜明け前から起きていた。ベッドから出るでもなく、眠るでもなく、ただじっとシーツの上に座っていた。蝙蝠になったアルは暁の肩や頭に乗って、体や頭を擦りつけては愛し合った余韻に浸っていたけれど、暁は動かずじっとしていた。

幸せいっぱいの自分と反して、恋人が疲れた表情をしているのが気になる。確かに夜中、疲れる運動はしたけれども。もしかしてセックスそのものが嫌だったんじゃないだろうかと考えてしまう。無理矢理ではなかったし、双方合意の上だった。本当に嫌だったら、暁は自分に指一本触れさせてくれないだろうし、いつだって自分を突き飛ばしてやめさせられたのだ。そうしなかったということは、暁も多少なりとも自分との営みを望んでいたと思いたい。

ただ暁の顔は、初めての朝を迎えた恋人のものとしては、幸せ度合いに欠ける。悶々と考えているうちに、過去に暁が「俺は生モノには一切欲情しない、不感症なんだよ」と言っていたことを思い出した。そうだ、暁は生きているモノに欲情しない。じゃあ自分はどうなんだろう。心臓が止まっているし、厳密に言えば生きてないが、表向きは生きている。暁が欲情する、しないの微妙なラインにいそうだ。けど夜、暁はそこそこ欲情していた感じで……わからない。暁はそういうことをはっきりと言葉にしてくれないから、心の中はわからない。

午前八時過ぎ、暁は動き出した。シャワーを浴びて着替えをし、一階へと下りていく。階段の下でマーサに捕まった暁は【朝食は？】と聞かれ【今朝は食欲がないから】と断っていた。

【ねえ、アキラ。アルは一緒じゃないの？】

肩に乗った蝙蝠がアルだとは夢にも思っていないだろうマーサは、暁の周囲を窺いながら聞いてくる。

【起きたらいなかった。庭を散歩でもしてるんじゃないか】

背の低いマーサは、腰に手をあて暁を見上げた。

【もういい大人のあなたにこういうことを聞くのもどうかと思うけど、アルと仲直りはしたの？】

暁はほんの少しだけ眉を顰めた。

【……喧嘩といっても大したことない】

【じゃあ仲直りしたのね】

【ああ】

スタンがリビングにやってきて、マーサがそちらに気を取られた隙に暁はキッチンへ入った。冷凍庫の中からアイスクリームを一つだけ取り出して、裏口から庭に出る。そしてプールの傍にあるチェアに腰掛けて食べはじめた。

アイスクリームよりもきちんと朝食をとった方がいいんじゃないかと思っていても、愛し合ったあとの朝にうるさいことも言いたくなくて、アイスを食べる恋人をじっと見つめる。食べている間も、暁は日差しを反射してキラキラしているプールの水面を眺めながら、ぼんやりとしていた。

アイスを食べ終わると、暁はキッチンへ戻った。背中に隠すようにして持っていたアイスのカップをキッチンの屑籠(くずかご)に捨てる。朝食のかわりにアイスなんてマーサに叱られそうだから、こそこそしてるんだろう。

暁はキッチンの上の棚を開けて、白い布袋を取り出した。

「アル、ここに入れ」

それが何を目的としているか察しても、思わず「ギャッ？（どうして？）」と聞いてしまった。

「そろそろ凍らせないと、帰りの貨物に間に合わなくなる。そのまま冷凍庫に入れてもいいが、マーサが見つけたら驚くだろうからな。目隠し用だ」

ハイジャックで一日潰れ、今日でＬＡに来て三日目。暁の休みの関係もあるし、いつ「帰る」と言い出してもおかしくなかった。自分を凍らせるということは、日本に連れて帰ってくれるのだ。わかっていても、胸がザワザワする。あんなに愛し合ったのに、どうしてだろう……置いていかれそうな不安が胸の中から消えない。

アルは夜明けの睦言を思い出した。「つれて　かえって」「おいていく　しないで」そう訴えたアルに、暁は「ああ」と答えてくれた。それに自分たちはもう他人じゃない、れっきとした恋人同士だ。

アルは恋人を信用して「ギャッ（わかった）」と鳴き、小さな袋の中に自ら入った。凍りたくないけど、凍らないと送ってもらえない。暁を信用するしかなかった。暁は袋の中に指を突っ込んできて、アルの頭を撫でてくれた。いつになく優しい。甘酸っぱい恋人の仕草に酔いしれたのも一瞬。袋の口はすぐに閉じられて、アルは氷点下の冷凍庫の中に入れられた。

日本よりもいちだんと冷気のきつい冷凍庫で、アルはブルブル震えた。体が次第に凍っていき、身動きが取れなくなり、眠たくなってきても、目を閉じる間際まで恋人のことを考えていた。

日本に帰ったら、もう少し大きなベッドを買ってもらおう。もっと料理の腕を磨いて、暁がおかわりをしたくなるようなご飯を作ろう……そう思っていた。

アルが目を覚ました時、辺りは真っ暗だった。頬に触れるシーツの感触で、自分がベッドに寝ているのはわかった。

……ここはどこ？　顔に手を持ってくると、人の指が五本見える。今は人間の姿だ。人間になっているということは、日本に帰ってきている。けど匂いが違う。部屋の匂いが違う。それに暁のベッドのスプリングはもっと柔らかい。

上半身をゆっくりと起こした。シーツが肌を滑り、自分は全裸らしいと気づいた。周囲を見渡す。夜目が利くので、部屋の中の様子が真っ暗でも何となくわかり、暁の部屋じゃないということだけは確信した。

服を着ないといけない。その前に部屋の明かりをつけたい。床に下り、裸足のまま壁に沿って歩いていくと、どうやらスイッチらしき形状の突起が指先に触れた。押したら、部屋がパッと明るくなる。ベッドと椅子があるだけの、殺風景な部屋だ。動いてないはずの心臓が、ドクンと大きく脈打った。

自分は解凍されている。日本にいるはずなのに、日本に帰ってきている気がしないのはどうしてだろう。ザワザワ……羽虫が一斉に動き出すような、嫌な胸騒ぎ。不安に突き動かされて、部屋の外へ飛び出した。細い廊下。ここに来たことがある。来たことが……廊下を突っ切ると、階下へと続く階段。そこから見える一階は、ぼんやりと明るい。

アルは急いで階段を下りた。リビングにはダークグリーンのソファセットがあり、誰かが座っている。後ろ姿の髪は黒い。

自分がいるのが暁の買ったLAの家らしいと気づいた時は、泣きそうになった。だけど暁がいる。暁がいるなら、自分は一人で置いていかれたわけじゃない。そう、置いていかれるわけがないのだ。だって自分たちは……。

黒い頭が振り返った。

【目が覚めた?】

そこにいたのは暁じゃなかった。

【ど……うしてここに?】

視線が合うと、キエフはニコリと微笑んだ。

【君が目を覚ますのを待ってたんだよ。……とりあえず服を着ておいで。椅子の上に置いてあったの、気づかなかった?】

キエフの問いかけを無視して、アルは周囲を探した。個室、キッチン、バス、トイレ……一階にいないとわかると、二階に駆け上がって、家の中にある全ての部屋を、クローゼットの中まで見て回った。どこにも恋人の姿を見つけられなくて、絶望的な気分に苛(さいな)まれながら、リビングにいるキエフのもとに戻った。

【……暁は?】

震える声で問いかける。キエフは小さく息をついた。

【話をしてあげるから、服を着ておいで。それじゃいくら何でもみっともないよ】

【服なんてどうでもいい。暁はどこにいるんだよっ！】

大声で怒鳴ってしまう。

【話は君が服を着てからだ】

アルはソファの背を乱暴に蹴り上げてから、二階へ駆け上がった。言われた通り服を着る。そして唇をへの字に曲げたままキエフの向かいに立った。

【教えろよ、暁は……どこなんだよ】

キエフはアルの目を捉えたまま【ここにはいない】と告げた。そうではないかという予感はあった。そして実際に事実を言葉で告げられると、全身が、気持ちが一瞬で鉛のように重たくなった。

走って玄関ドアへ向かい、ノブに手をかけたところで【どこに行くんだい】とキエフに腕を摑まれた。

【リチャードの家に】

【そんなことをしても無駄だ。アキラはもうアメリカにはいない。日本に帰ったんだ】

アルは首を横に激しく振った。

【じゃあ空港に行く。今から追いかけたら間に合うかも……】

【アキラはもうとっくに日本に帰り着いてる】

その声は優しげなのに、ナイフの鋭さで胸に切り込んでくる。アルはキエフに引きずられ、ドアの前からソファに連れてこられると、強引に座らされた。

【一つ一つ、順番に話をしていくよ。君は三日間、冷凍庫の中で眠ってたんだ。その間にアキラは日本に帰った】

【嘘だ！】

両手を握り締め、アルは大きな声をあげた。

【嘘じゃない】

キエフの声は穏やかだ。その静けさが、アルの中にある怒りを、どうしようもなく増幅させていく。

【約束したんだ。僕を日本に連れて帰るって、暁はそう言ったんだ！】

アルは苛々と両足を踏み鳴らした。

【ちゃんと約束したんだ】

約束、約束と言葉を振りかざしながら、わかっていた。ずっと置いていかれそうな予感があった。不安だった。それでもまさか愛情を確かめ合った後で置いていくなんて酷いことはしないだろうと思っていた。暁を信じたかった。信じて……自分は冷凍庫に入ったのだ。

【君が日本に帰りたいと駄々をこねるから、アキラは嘘をつかざるをえなかったんだよ】

噛み締めた奥歯が、ガチガチと音をたてる。

【アキラは最初から君をアメリカへ残していくつもりだった。その判断は正しいと僕も思う。君は日本にいるよりもこちらにいる方がいい。仲間もいるから、お互い助け合っていける】

【いっ、嫌だっ】

アルは震えるように首を左右に振った。

【僕……僕は暁と一緒にいたい】

【君はアキラと一緒にいたかったのかもしれないが、アキラは別々がいいと考えたんだ。そもそも吸血鬼と人間では時間の流れ方が違う。人間と仲良くすることはできても、共に生きていくことはできない。必ず別れが訪れる。僕らは永遠に取り残されていく存在なんだ】

アルは両耳を押さえた。そんなのわかっている。時間が止まった自分と違い、老いていく両親と妹。どんどん成長していくであろう、自分と同じ名前の甥っ子。自分は取り残される存在だとわかってる。わかっているから、もう何も聞きたくない。

【事実から目を逸らしちゃいけない。たとえ今は辛くても、時間が経てば、あの時離れ

てよかったと思えるようになる】

アルは床に膝をつき、キエフの足に取り縋った。

【お願い……お願い……何でもするから僕を冷凍にして日本に送って】

【それはできない】

キエフはゆっくりと首を横に振った。

【どうして！】

【……君を日本に送る、それだけは絶対にしないでくれとアキラに言われてる】

アルは拳で床を激しく叩いた。

【キエフは吸血鬼じゃないか！　人間の暁と吸血鬼の僕、どっちの味方なんだよ！】

【もちろん君の味方だよ。ただ、この件に関してはアメリカにいる方が君のためだと思うから、送らない】

キエフは優しく穏やかにアルの訴えを退けていく。このまま【日本に送ってほしい】と訴え続けても、キエフは【いいよ】とは言ってくれないだろう。けどどうしても、どうしても日本に帰りたい。暁の傍に行きたい。胸に手をあて、大きく息をつき、必死になって荒ぶる気持ちを落ち着けた。

【暁はものすごく怒りっぽい。それでいて意地っ張りで、思ったことをちゃんと言えないんだ】

平静を装っても、声が震える。

【暁が日本に帰る前、僕らは大喧嘩したんだ。きっと暁はそのことを根に持って、僕を置いていったんだよ。今頃、後悔してると思う。暁はああいう性格だから、なかなか自分から謝れない。だから僕が日本に行って、暁の言い訳を聞いてあげないといけないんだ】

相槌も打たず、キエフは訴えるアルを静かに見下ろしている。必死の嘘などとうに見抜いている眼差しにさらされても、喋ることをやめられなかった。

【キエフには話してなかったけれど、僕と暁は恋人同士になったんだ。僕が一方的に好きって言ってるだけじゃなくて、暁も僕の気持ちを受け入れてくれた。気持ちも体も繋がって、だから……】

キエフの右手が動き、跪くアルの頬を優しく撫でた。

【君は置いていかれたんだ】

聞きわけの悪い頭に刻み込むみたいに、ゆっくりとキエフの唇は動いた。

【アキラに置いていかれたんだよ。目を逸らさずに、現実を受け入れてほしい】

アルはヒッと息を吸い込んだ。じわりじわりと、逃げ場のない崖の縁に追いつめられていく。

【アキラが君を受け入れたのは、彼なりの思いやりだったんじゃないかな】

両手で口を押さえ、アルは細かく首を横に振った。認めたくない。気づいていても、気づきたくなかった。抱き合えることに、自分ほど夢中でも積極的でもなかった暁を。求めれば応えてくれたけど、決して暁からは何も求めてこなかったことを。

それでも、それでも嬉しかったし、信じたかった。信じたかった……。

【今の君にこういう話をするのは酷かもしれないが、アキラは君を愛していると思うよ。愛してなかったら、君のために家を買い、仕事まで見つけてきてはくれないだろう】

【そんなもの、いらない……】

アルは小さな声で呟いた。

【そんなものいらない。僕は……暁と一緒にいられたらそれだけでよかった】

パンッと頬が鳴った。痛みがじわっと、放射状に広がる。キエフに頬を叩かれたのだと脳に到達するまでに、少し時間がかかった。

【君は帰りたい、帰りたいと自分のことばかりだ。まるで聞きわけのない子供だね】

諭すようだったキエフの目が、一転して自分を叱りつける。

【君を愛していても、一緒にいない道を選択した。なぜアキラがそうしたのか、気持ちを想像してあげることはできないのか】

……暁の考えていることなんか、わかるわけがない。人を宥めるためだけに体を使って帰っていった男のことなんか、わかりたくもない。本当に愛してくれているなら、どうして遠ざける？　わからない、わからない、わかりたくない。だってわかってしまったら……今のこの状況を認めないといけなくなってしまう。

アルは肩を落とし、うなだれた。気持ちがどこにも行けない。悲しみの、怒りの、切なさの逃げ場が、どこにもない。

キエフの指が、そっとアルの頭を撫でた。

【僕に氷漬けの君を託した際、アキラは言っていたよ。目覚めた時、傍にいてやってほしいってね。できるなら、君が落ち着くまで一緒に暮らしてあげてほしい……君はとても寂しがりだから、きっと一人では我慢できないだろうからって。アキラは君のことをよくわかっているね】

我慢していた気持ちの風船がパンと弾けた。アルは床に突っ伏し、声をあげて泣いた。悲しみが後から後から溢れてきて、涙の洪水でもう何も見えなくなる。

【アル、君が好きになった人は、とても優しい男だね】

……キエフの言葉がアルの耳に、胸が引きちぎれるほど切なく響いた。

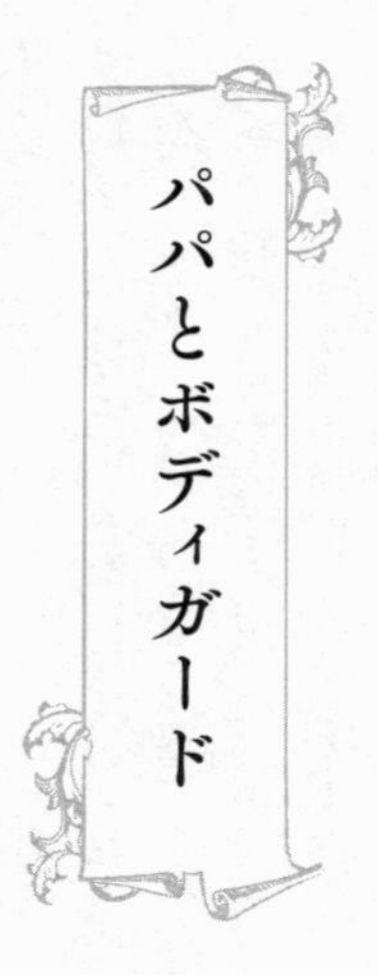

パパとボディガード

「あら、ヘンリー」

屋敷の廊下でマーサに呼び止められて、ヘンリー・ウッドは嫌な予感がした。高い場所の荷物を取れとか、重たい物を運んでほしいなど、雑用を頼まれる予感がしたからだ。マーサは高齢だし、仕方ないという気持ちもあるが、問題が一つ。彼女は遠慮がない。背の低いマーサでは手の届かない場所の窓拭きや、トイレ詰まりの修理、そして最後に「ミルクを買ってきてほしいの」とお願いされた時は「お願いですからもう一人、家政婦を雇ってくれませんか」と雇用主のリチャードに懇願した。願いは聞き届けられ、新しい家政婦というか雑用係は投入されたものの、マーサの人使いは悲しいかな、変化はなかった。

今回は何を頼まれるのだろうと身構えていたら「アキラがあなたを捜してたんだけど、会わなかった？」と言われた。

「アキラが私をですか？」

「ええ、そうよ」

「今日はまだ会ってませんね」

この家、広すぎるのよねぇ……とぼやきながら、マーサは雑巾を片手に階段を上っていった。用事を言いつけられなくてよかったなと胸をなで下ろしつつ、アキラは自分に何の用だったんだろうと首を傾げる。彼とは、あまり言葉を交わしたことがない。

自分は四年前にＬＡに来て、それからボディガードの仕事をしているが、前職は警察官だった。危険と隣り合わせとはいえ警察官の仕事は好きだったし、何より性に合っていた。同じ職場に女性警察官の彼女もいて、仕事とプライベート、両方とも充実していたのに、同期の男、しかも一番仲のよかった友人に彼女を盗られた。

盗られた、という言い方は適切ではないかもしれない。一応「好きな人ができた」と彼女に振られて一区切りついているからだ。ただ振られた翌日にその友人とパブでいちゃつきながらキスしているのを見てしまったのは衝撃だった。そのラブラブっぷりはとても昨日今日からという雰囲気ではなく……明らかに自分と友人が並行している期間があっただろうなという推測に加え、自分は同期の男との「恋愛」という名の賞レースに負けてしまったのだと思い知らされ、何もかもが嫌になった。

彼女や友人と頻繁に顔を合わせる職場に嫌気がさしていた頃、ＬＡにいる元軍人の叔父がボディガードの会社を立ちあげたことを思い出した。元警察官や元軍人を優先的に雇っていると聞いていたので、叔父に相談すると、喜んで入社させてくれた。

心機一転、ＬＡでボディガードの仕事をはじめて半年後、新作映画の公開記念のイベントに出席する映画プロデューサー、リチャード・カーライルの警護についた。有名人だとわかっていたし、凄いなとは思うものの、彼のプロデュースする映画は社会問題を取り扱ったものやラブストーリーが多く、アクション映画が好きな自分はさほど興味もなかった。

リチャードは有名すぎるが故に、これまで二回ほどファンに襲われていた。しかし社長の叔父曰く「芸能界の有名人の警護はまだマシ」とのことだった。襲ってくるのは素人だから、やることも限られている。これが政治家や財閥のトップになると、金で雇ったプロを使って命を狙ってくる場合があるから厄介だと話していた。

三日間続いたイベントの最終日、リチャードに「殺害予告」が届いたので、急遽警備員が増員され、控え室の内と外にボディガードが配置された。自分は控え室の中に入り、常時ドア付近に立っていた。リチャードはソファに座ってコーヒーを飲みながら寛ぎ、殺害予告も慣れたものなのか、動揺はみられなかった。

ふと、リチャードがヘンリーを見た。

「君、昨日もいたよね。僕の担当になっているのかな？」

「いいえ、違います」

「ふうん、そうなの。君、こっちの人じゃないよね。アクセントが少し違うから。どこの出身だい？」

田舎者だと内心、馬鹿にされていたのかなと思いつつ「ノースダコタです」と答える。

「警備会社だと、やっぱり元軍人とか元警察官が多いのかな？」

「そうですね。私も前職は警察官です」

「そうなんだ。頼もしいね。君は体格がいいけど、何か格闘技はやっていたりするの？」

「柔道を少々」

リチャードはなぜかにやりと笑った。そうしてプチリとテレビの電源を入れた。チャンネルを変えているうちに、ドラマ番組になる。そこで止めた。登場人物は男も女もみな黒髪だ。着ている服も特徴的で……アジアのドラマだろうか。

「君、日本に興味がある？」

テレビを横目で見ていたせいなのか、そう聞かれた。

「ありませんね。日本を含めアジア全体が嫌いです」

光の速さで反応してしまった。

「そうなの？　アジア特有の文化は魅力的だし、人もチャーミングで僕は大好きなんだ」

「私は嫌です」

そこで会話は途絶えた。気を悪くさせてしまったかなと気になったが、普段はほとんど言葉を交わさないので、こんなもんだろうと思うことにした。しかしその会話が妙に引っかかっていて、家に帰ってからリチャード・カーライルを検索した。ネットにあったリチャードの人物ページには、彼には長年付き合っていたアジア人女優の恋人がいたこと、彼女が病で亡くなってからは、恋人をつくらず一人でいることが記されていた。それを読んで、ヘンリーは頭を抱えた。

二週間後、叔父の会社にリチャードから審査員として出席する映画賞での警護依頼が入った。それを知ったヘンリーは、叔父に頼んで彼のガードにつけてもらった。そして控え室で二人だけになったタイミングを見計らって、意を決して話しかけた。

「この前は、アジアが嫌いと言って申し訳ありませんでした」

リチャードは「えっ、何だい？」と首を傾げる。

「あなたの恋人のことを知らなかったんです。そうでなくても、あんなふうに言うべきではなかったと……」

するとリチャードは「気にしてないよ」と微笑んだ。

「……本当は、ただの八つ当たりなんです」

リチャードが「えっ」と首を傾げる。

「半年ほど前まで付き合っていた彼女が中国系アメリカ人だったんですが、振られてしまって……」

こんなことわざわざ教えなくてもいいだろ、と即座に後悔する。しかもリチャードは気にしてないと言っていたのだ。

「僕の彼女は、日本人だったんだよ」

リチャードの呟きに「知っています。あ、いえ、この前知りました」と答える。

「僕はね、何度告白しても彼女に振られてたんだ。めげずにアタックしてたら、最後は根負けした感じで付き合ってくれたけどね」

「私は最初のうちはよかったんですが、結局友人にもっていかれましたね。ま、私に魅力がなかったんでしょう」

自暴自棄に言い放つ。

「将来的に結婚も考えていただけにきつかったですが、職場も変えてＬＡに来たので、偶然でも顔を合わせる機会がなくなって楽になりました」

自分は大物プロデューサーを相手になぜ身の上話をしているんだろうとリチャードを見ると、年齢を重ねたダンディな男の目からぽろりと涙がこぼれ落ちて驚いた。

「あっ、あの……」

「君の身の上を思うと、泣けてくる」

「あ、いや。こんなのよくある話ですよ」

「失恋で職を変えるなんて、君は傷ついているし、繊細なんだと思うよ。とても辛かったんじゃないのかい」

リチャードの渋みのある声がググッと胸の中に入ってきて、気づけば、目頭がジンと熱くなっていた。

彼女に別れを告げられた時も、その後も、泣いたりしなかった。少し前から彼女が自分に対してよそよそしい態度を取っていたから、嫌な予感はあった。けれどそれに気づかないふりでデートに誘った。別れたくなかった。

辞めたら署内で噂されるかもしれないと思ったし、遠くに来て地元の友達と疎遠になるのは嫌だったが、それ以上に友人と付き合いはじめた彼女を見ていたくなかった。

「あ、いや、そんな……」

言っている傍から涙が出てきて、男二人してぐずぐずと洟をすする。リチャードに優しく抱かれ、背中をさすられて、余計に涙が止まらなくなっていた。

スタッフに呼ばれてリチャードと共に控え室を出た際には、外で警備していた同僚に「目にペッパーでも入ったのか？」とこそっと耳打ちされるほど、目が赤くなってしまっていた。

この件をきっかけに、リチャードは叔父の警備会社に依頼する際は、ボディガードに必ずヘンリーを指名した。そして、亡くなってしまった運命の恋人、リリーの話を自分にしてくるようになった。

そうこうしているうちに、リチャードがプライベートで旅行中にファンに押し倒されるというアクシデントがおこった。殺到したファンによる事故で事件性はなかったが、ニュースになっていた。大丈夫かなと心配していたら、その数日後にリチャードからヘンリーに、「プライベートでボディガードの契約をしてもらえないか」という依頼があった。叔父は「映画業界の大物にツテができる」と喜んでいた。

リチャードに常時付き添っているので休みは不規則だが、独身なので問題はない。彼について海外に行くのも、仕事とはいえ楽しかった。

そうやって距離が近くなるにつれ、ボディガードではあるものの、ファミリーの一員として扱われるようになっていった。リチャードは人当たりがよく社交的ではあるけれど、意外に警戒心が強い。そして一度心を許した人間、家政婦のマーサや自分、そして家事手伝いのスタンリーにはとことん甘かった。

しかしヘンリーはスタンリーを警戒している。リチャードは彼を気に入っているし、二人で話をしている際はいい雰囲気なのに、リチャード本人が見ていない場面になると、途端にスタンリーの視線は冷たさを纏う。

それとなくリチャードに忠告するも、一度身のうちに入れてしまった人間なので「気のせいじゃないのかい？」と真剣には取り合ってもらえない。リチャードは多忙で帰宅も不規則なので、スタンリーと顔を合わせる時間が少ない。それが救いといえば救いだった。

そんな中、リチャードの愛した日本人女優、ハナエ・タムラ、愛称リリーの一人息子がアメリカに来ることになった。まずはシカゴの屋敷に泊まると聞いて、不安を覚えた。リチャードからリリーの息子の話は何度も聞かされてはいたが、事実を分析するに、リチャードはリリーの息子に、こういってはなんだが、それほど好かれていないのでは？という疑惑を抱いていた。冷静に考えれば、その息子にとって母親の恋人、しかも外国人のリチャードは微妙な立ち位置だ。養子の話も断られているという。もし自分が有名俳優でお金持ちの養子にと言われたら一も二もなく申し出を受け入れると思うので、余計に引っかかる。

スタンリーを警戒し、そこによくわからないリリーの息子がやってくるとか、警戒対象が多すぎる。にもかかわらずシカゴにまで警護は必要ないよとリチャードに言われたので、ヘンリーはついていけなかった。不安だらけだが、当の本人、リチャードは気もそぞろ、仕事も手につかぬほど大喜びしているので、その息子はホテルに滞在させては？　とは切り出せなかった。

そんな中、リリーの息子、アキラがリチャードの屋敷にやってきて、後にヘンリーもシカゴへ呼び寄せられた。以前、写真を見せてもらい、アキラは女優の息子と言われてもうなずける、美形のアジア人だとわかってはいたが、実際に会ってみるとなんとも暗い雰囲気の男だった。顔の筋肉が死んでいるのではと思うほど表情が変わらず、凶暴なペットの蝙蝠をアメリカまで連れてくる変わり者の男の傍で、リチャードは興奮した犬のようにはしゃいでいた。

アキラが来たことで、リチャードの行動が予測不可能になった。いきなり日本のドラマ撮影を見たいと出かけていったかと思えば、暴漢に襲われて帰ってくる。自分がついていくと何度も言ったのに「マーサを頼むよ」と残されたらあの有様。「次は絶対にあなたについていきます」と、リチャードにガッツリと説教した。

その翌日には飛行機でハイジャックに遭遇するとか、ここ数日は悪夢のような、一生分に匹敵するトラブルの連続だった。それに加えて、アキラの恋人らしい、ろくに身元確認もしていないイレギュラーな男の存在にも、ヘンリーはやきもきしていた。

アキラの恋人、アルベルト・アーヴィングはＬＡの屋敷にも来たが、近くに引っ越すとかで早々に出ていった。アルのリチャードを見る目には尊敬や憧れといったものしかなく、男前だが頭は悪そうで、アキラにベタ惚れなのはわかりやすく、不審な点はなかった。

アキラも明日にはアメリカを発つ。「アキラがもう日本に帰っちゃうんだよ」とリチャードは目に見えて落ち込んでいた。

そんな帰国目前、自分と関わりのないアキラが何の話だろうと気になるも、捜してまで聞くこともないかと、ルーチンになっている庭のチェックをする。見たこともないものが増えていないか、誰かが侵入した形跡はないか……屋敷の違和感に気づけるのも、普段から見ていればこそだ。

【ヘンリー】

呼ばれて振り返ると、チェリーブラッサムの横にアキラがいた。

【仕事中なのか？】

【あ、いえ。大丈夫です】

【話をしても？】

【はい】

アキラが近づいてくる。年は三十一だと聞いているが、もっと若く見える。リリーに似て美形な男の黒い瞳にじっと見つめられると、相手は素人なのに、意味もなく緊張する。

【俺は明日、日本に帰る】

【リチャードから、そう聞いています】

アキラは俯き加減に目を伏せた。

【あの人は、自分が有名人だという自覚があるくせに、たまに無茶をする】

【ええ、そうですね】

【日本からアメリカは物理的に遠い。俺はそう簡単に来ることはできない。前からたまに事件があって、ボディガードがついたと聞いて安心していたんだが、あなたの忠告をあまり聞いてないようだ】

この男、よく見てるなと感心していると【言うことを聞かせるのは難しいかもしれないが、リチャードを頼みます】と頭を下げられて、驚いた。

【それは、はい。私の仕事ですので】

アキラはフッと小さく息をついて、屋敷に戻っていった。自分を捜していたと言うから何の話かと思っていたが……。

無表情で口数が少なく、何を考えているかわからない男だが、一介のボディガードに過ぎない自分にわざわざ声をかけてくるなど、あの男なりにリチャードのことを気にかけている。リチャードの一方的な、愛情の押売ではないということだ。

アキラはリチャードを、肉親のように思っているのかもしれない。それなら養子になってやれば、莫大(ばくだい)な遺産を引き継げるのにと思うが、日本で自立しているそうなので、愛情以上のものは必要としてないんだろう。

リチャードが、愛した人の息子という以上に、アキラに執着する理由が少しだけ理解できた。あんな超有名人を前にして、その威光も財産も欲しがらず、心の底から心配してくれる人間というのは、家族や恋人以外ではなかなか得づらいものだ。そこをリチャードも理解しているのかもしれない。

薄々わかってはいたが、アキラに関しては、もう何も警戒する必要はなさそうだ。

【……それにしても、もう少し愛想がよくてもいいと思うが】

この話をリチャードにしてあげたい気もするが、言ったが最後、アキラが日本に帰るのを全力で引き留めにかかるのは目に見えているので、少しタイミングを見計らってからの方がよさそうだった。

参考文献

『戦慄のカルト集団　11の狂気教団が引き起こした衝撃の殺戮劇』ジェイムズ・J・ボイル著、大島直子ほか訳、扶桑社ノンフィクション

『機上の奇人たち　フライトアテンダント爆笑告白記』エリオット・ヘスター著、小林浩子訳、文春文庫

『ハイジャックとの戦い　安全運航をめざして』稲坂硬一著、成山堂書店

『ハイジャック密室の8日間　インド航空814便で何が起きていたか』久田千亜紀著、素朴社

『スカイ　クライシス　ハイジャック防止と空の危機管理とは』藤石金彌著、主婦の友社

『コクピット　クライシス　ハイジャックとヒューマンエラー』藤石金彌著、井上直哉監修、主婦の友社

『みんなが知りたい旅客機の疑問50　アナウンスで聞くドアモードとはなにか？　フラップの仕組みはどうなっているのか？』秋本俊二編、サイエンス・アイ新書

本書は、二〇〇九年四月、書き下ろしノベルスとして蒼竜社より刊行された『吸血鬼と愉快な仲間たち4～Love alone～』を文庫化にあたり、書き下ろしショートストーリー「パパとボディガード」を加え、『吸血鬼と愉快な仲間たち　4』と改題したものです。

本文デザイン／目﨑羽衣（テラエンジン）
本文イラスト／下村富美

木原音瀬の本

捜し物屋まやま（全3巻）

放火で家が全焼した引きこもりの三井は、謎の〝捜し物屋〟を営む間山兄弟と、ドルオタ弁護士に助けられるが……。ちょっと不思議で怖くて愉快。四人（と一匹）のドタバタ事件簿！

集英社文庫

木原音瀬の本

ラブセメタリー

「僕は大人の女性を愛せません。僕の好きな人は、大人でも女性でもないんです」欲望に弄ばれる二人の男と、その周囲の人々の葛藤をリアルに描いた衝撃の問題作。

集英社文庫

集英社文庫　目録（日本文学）

河野啓　デス・ゾーン　栗城史多のエベレスト劇場
河野美代子　新版　さらば、悲しみの性　高校生の性を考える
河野美代子／永田由紀子　初めてのSEX　あなたの愛を伝えるために
古沢良太　小説版　スキャナー　記憶のカケラをよむ男
小島環　泣き娘
小嶋陽太郎　放課後ひとり同盟
五條瑛　プラチナ・ビーズ
五條瑛　スリー・アゲーツ
小杉健治　絆
小杉健治　二重裁判
小杉健治　最終鑑定
小杉健治　検察者
小杉健治　不遜な被疑者たち
小杉健治　それぞれの断崖
小杉健治　水無川
小杉健治　黙秘　裁判員裁判

小杉健治　疑惑　裁判員裁判
小杉健治　覚悟
小杉健治　質屋藤十郎隠御用
小杉健治　冤罪
小杉健治　からくり箱　質屋藤十郎隠御用　二
小杉健治　贖罪
小杉健治　赤姫心中　質屋藤十郎隠御用　三
小杉健治　鎮魂
小杉健治　恋飛脚　質屋藤十郎隠御用　四
小杉健治　失踪
小杉健治　観音さまの茶碗　質屋藤十郎隠御用　五
小杉健治　逆転
小杉健治　質草の誓い　質屋藤十郎隠御用　六
小杉健治　最期
小杉健治　大工と掏摸　質屋藤十郎隠御用　七
小杉健治　生還

小杉健治　九代目長兵衛口入稼業
小杉健治　結願
小杉健治　御金蔵破り　九代目長兵衛口入稼業　二
小杉健治　邂逅
小杉健治　陰の将軍、烏丸検校　九代目長兵衛口入稼業　三
小杉健治　奪還
小杉健治　獄門首に誓った女　九代目長兵衛口入稼業　四
小杉健治　連鎖
小杉健治　本所松坂町の怪　九代目長兵衛口入稼業　五
古関裕而　鐘よ鳴り響け　古関裕而自伝
古処誠二　ルール
古処誠二　七月七日
児玉清　負けるのは美しく
児玉清　人生とは勇気　児玉清からあなたへラストメッセージ
木原音瀬　捜し物屋まやま
木原音瀬　ラブセメタリー

集英社文庫　目録（日本文学）

木原音瀬　捜し物屋まやま2
木原音瀬　捜し物屋まやま3
木原音瀬　吸血鬼と愉快な仲間たち
木原音瀬　吸血鬼と愉快な仲間たち　2
木原音瀬　吸血鬼と愉快な仲間たち　3
木原音瀬　吸血鬼と愉快な仲間たち　4
小林エリカ　マダム・キュリーと朝食を
小林紀晴　写真学生
小林信彦　萩本欽一　小林信彦 萩本欽一 ふたりの笑タイム
小林弘幸　読むだけ スッキリ！ 今日からはじめる 快便生活
小松左京　明烏落語小説傑作集
小森陽一　DOG×POLICE 警視庁警備部警備第二課装備第四係
小森陽一　天神
小森陽一　音速の鷲
小森陽一　イーグルネスト
小森陽一　オズの世界

小森陽一　風招きの空士 天神外伝
小森陽一　ブルズアイ
小森陽一　インナーアース
小森陽一　GIGANTIS volume1 Birth
小山明子　パパはマイナス50点
小山勝清　それからの武蔵 (一)(二)(三)(四)(五)(六)
今東光　毒舌・仏教入門
今東光　毒舌身の上相談
今野敏　惣角流浪
今野敏　山嵐
今野敏　琉球空手、ばか一代
今野敏　スクープ
今野敏　義珍の拳
今野敏　闘神伝説Ⅰ～Ⅳ
今野敏　龍の哭く街
今野敏　武士猿

今野敏　ヘッドライン
今野敏　クローズアップ
今野敏　寮生 ―一九七一年、函館。―
今野敏　チャンミーグヮー
今野敏　アンカー
今野敏　武士マチムラ
今野敏　オフマイク
吉上亮　サイコパス製作委員会　PSYCHO-PASS サイコパス3 〈A〉
吉上亮　サイコパス製作委員会　PSYCHO-PASS サイコパス3 〈B〉
吉上亮　サイコパス製作委員会　PSYCHO-PASS サイコパス3 〈C〉
華南恋　サイコパス製作委員会　PSYCHO-PASS サイコパス3 FIRST INSPECTOR
西條奈加　九十九藤
西條奈加　心淋し川
齋藤薫　大人の女よ！ 清潔感を纏いなさい
齋藤薫　一日一ページ読めば、生き方が変わる だから"躾のある人"は美しい
斎藤栄　殺意の時刻表

義時　運命の輪

奥山景布子

集英社文庫